Ceremonia por un Teniente Abandonado

Fernando Arrabal

Ceremonia por un Teniente Abandonado

ESPASA

ESPASA NARRATIVA

Director Editorial: Juan González Álvaro
Editora: Constanza Aguilera Carmona

Primera edición: marzo, 1998
Segunda edición: marzo, 1998

Diseño de la colección y cubierta: Tasmanias
Ilustración de cubierta: *El teniente Fernando Arrabal en el Penal del Hacho.* Retrato a la acuarela pintado por el comandante Edmundo Seco el 21 de marzo de 1937 (días antes de ser fusilado) de su compañero, también condenado a muerte. Edmundo Seco es el padre del historiador y académico Carlos Seco Serrano y el teniente Fernando Arrabal, el del escritor.

Depósito legal: M. 10.091-1998
ISBN: 84-239-7932-6

Impreso en España/Printed in Spain
Impresión: BROSMAC, S. L.

Editorial Espasa Calpe, S. A.
Carretera de Irún, km 12,200. 28049 Madrid

Melilla, 17 de julio

¡Ay de los vencidos!

Tito Livio

Quiero agradecer en especial la ayuda de Carlos Seco Serrano, de la Real Academia de la Historia, así como la de las siguientes personas:

El coronel Gregorio Vázquez Gimeno (jefe del Archivo General Militar), el general Agustín Muñoz-Grandes Galilea (general jefe de la Región Sur), María José Amorós Manada (directora del Gabinete de la ministra de Justicia), el teniente coronel Juan José Terrón Ramos (jefe de la PLMD de la Academia General Militar de Zaragoza), Miguel Cid Cebrián (antiguo alcalde de Ciudad Rodrigo), el general Evaristo Muñoz Manero (comandante general de Melilla), el director del Centro Penitenciario de Ceuta, el coronel Francisco J. Bellido Andreu (Archivo General Militar de Ávila), Eusebio Morcuende Núñez (Servicio de Información y Atención al Ciudadano de la Dirección General de Instituciones Penitenciarias), el capitán José Gómez Hernández Morín (de la Guardia Civil de Ciudad Rodrigo), Rosario Albarrán (directora de la Casa del Libro de Madrid), Mustafa Arruf (escultor de Melilla), Ángel Arrabal Nevot (escritor de Toledo), Antonio Diego Martín (director del Establecimiento Penitenciario de Melilla), el historiador Francisco Saro Gargandillas, Francisco Mir Berlanga (cronista oficial de Melilla), Ignacio Velázquez Rivera (presidente de la Comunidad Autónoma de Melilla), María Luisa Ávila Gil (directora Gerente del Consorcio Hospitalario de Burgos), Luis de San Eustaquio López (subdirector del Centro Penitenciario de Cumplimiento de Burgos), el general Gregorio López Iraola (director de la Academia General Militar de Zaragoza) y Miguel Fernández (poeta de Melilla, †).

MELILLA,
MAÑANA DEL 17 DE JULIO DE 1936

7:00 h.

Fernando Ruizbal se afeitó en su casa de Melilla por última vez. Y por última vez también contempló a su mujer dormida.

—A lo mejor soy el teniente más feliz del Ejército.

Aquella última vez le trajo a la memoria el instante irrepetible del primer encuentro con ella en la glorieta de Ciudad Rodrigo. Apareció ¡tan tímidamente risueña y tan deslumbradora! Por encima de la golosa rayita de su sonrisa ¡con qué salero la melena negra formaba burbujas con sus ojos azules!

7:15 h.

El teniente coronel Seguí, cabeza del alzamiento en Melilla, esperaba el aviso. Y desesperaba impaciente. La mecha de la insurrección no podía prender sin la llegada del mensaje.

Por fin recibió el radiotelegrama. En clave. Se dijo que la suerte estaba echada ¡en latín!: —*Alea jacta est*.

El mensaje provenía de la Oficina Central de Correos de Bayona. Se lo acababa de enviar Félix Maíz, enlace del general Mola.

Desde su puesto de mando en Pamplona, el general iniciaba, con la señal, el golpe de Estado.

—¡El golpe de gracia al gobierno de Madrid! Restableceremos el orden y la justicia con mano dura..., como lo está reclamando la gran mayoría de los españoles. Y esta vez no marraremos el golpe.

Los otros dos radiotelegramas de Maíz también llegaron a sus destinatarios: al general Franco, en Tenerife, y al general Sanjurjo, desterrado en Lisboa.

7:30 h.

La suerte también estaba echada para el teniente Ruizbal. Por última vez en su vida se vistió de uniforme. Con las insignias distintivas del Batallón de Cazadores de África número 3.

Miró de nuevo a su mujer. A pesar de estar dormida, sentía cómo emanaba de ella un chisporroteo con centellas de nata.

Luego pensó en el general Sanjurjo:

—Es más patriota que inteligente. La admiración que despierta entre algunos de mis compañeros yo también la sentí por él el 14 de abril de 1931.

Aquel día, Sanjurjo, director de la Guardia Civil, se alzó como partero de la libertad.

—¡Con qué rapidez se puso a las órdenes del Comité Revolucionario! Pero su pronunciamiento fallido un año después ¡cómo me defraudó! Su fracaso ha acarreado sin embargo una buena consecuencia: ya nadie en el Ejército se atreverá a repetir semejante aventura suicida. A desafiar a la suerte.

7:45 h.

Seguí ya no recordaba la mala suerte de Sanjurjo en 1932.

—Para mí, el general sigue siendo el marqués del Rif. ¡El vencedor en Marruecos! ¡El héroe de Alhucemas! Y el último recurso de la patria ante tanto desorden, anarquía... e hijo de puta rojo.

Se repitió la recomendación de Mola, días antes, en Pamplona:

—El alzamiento debe comenzar a la caída de la noche. Los aviones del gobierno de Madrid, a esa hora, son aguiluchos de papel mojado.

Le gustó que empleara la palabra «alzamiento». «Golpe» le sabía a poco.

El teniente coronel Seguí releyó una vez más aquellos dos telegramas, ¡tan chistosos!, de los generales gubernamentales Agustín García Morato, jefe superior de las Fuerzas Militares de Marruecos, y Romerales, comandante en jefe de Melilla: «Todo va bien. Sin novedad. El Ejército de África siempre fiel al gobierno de Madrid».

—¡Qué parejita! ¡Stan Laurel y Oliver Hardy! Y pensar que pusieron, ¡cacareando!, semejante misiva, al término de las maniobras de Llano Amarillo. ¡Hace una semana! ¡Precisamente cuando hicimos circular las últimas consignas para el alzamiento!

Los telegramas se los había entregado «con-fi-den-cial-men-te» el segundo jefe de la Comandancia de Melilla, el coronel Solans.

—Mi coronel, permítame que le confiese que ya no esperábamos su adhesión a nuestra causa. Pero en cuanto ayer la conocimos, la verdad es que respiramos más a gusto.

—Estoy cuerpo y alma con ustedes. Mañana participaré en la reunión del Casino Militar. Daremos el «golpe» en Melilla usted y yo... ¡juntos!

—Mi coronel, nuestro levantamiento por una España de orden, de justicia, de dignidad ¡y sin pamplinas democráticas!, más que un «golpe» será una «cruzada», como dice Yagüe, o un «alzamiento», como lo ha bautizado Mola.

—En verdad, me parecen términos más apropiados que «golpe» o «pronunciamiento».

8:00 h.

No podía olvidar Fernando Ruizbal aquel 11 de agosto de 1932. Y no precisamente por el «pronunciamiento» de Sanjurjo. Sino por el nacimiento de su hijo. A la una de la madrugada del día siguiente, recibió (en la sala de espera del Hospital Militar de Melilla) la noticia que eclipsó la de la víspera.

—Se llamará casi como yo: Fernando David.

Gracias a su hermano Rafael había conocido el origen etimológico de su nombre (¡y el de su hijo!): *Fernando*. Adaptación de *Fredenand* (en bajo latín, *Ferdi-*

nand), evolución del germánico *Frad*, «inteligencia», con el sufijo *nanda*, «atrevido, osado».

8:15 h.

Tras recibir el mensaje del general Mola, el teniente coronel Seguí ató los últimos cabos del alzamiento en Melilla.

—Comenzará, como en la Península, puntualmente a las diez de la noche de hoy viernes 17 de julio. Mis compañeros sabrán batirse con coraje. Pero sobre todo harán gala de inteligencia. Y de precisión. El triunfo requiere que el plan se respete a rajatabla y a rajarrojos.

Llamó por teléfono al teniente Sánchez Suárez. Le confió una de las más delicadas misiones de aquel día:

—Llevará usted a la Comisión Geográfica de Límites dos cajas de pistolas.

—¡A sus órdenes!

—Los civiles de Falange Española de Nador y de Melilla tienen que estar armados desde los primeros momentos. Conocen perfectamente a los más fieras de la chusma. Hay que cargarse inmediatamente a los extremistas. Y cortarles el pico a los vocingleros de la Casa del Pueblo.

Llamó, también por teléfono, a su amigo el comandante «Mizzián». Su verdadero nombre era Mohamed Ben Mizzian Bel-Kasen:

—Necesitamos el apoyo de las cabilas.

—De eso me encargo yo.

—¿Va a emplear la fuerza?

—No, mi teniente coronel. Mis hombres y yo les convenceremos. La mayoría de los soldados del Tabor número 5 de Regulares Indígenas son de Alhucemas y de Melilla.

—¿Y Sidi Hamed el Gaumia?

—El gran visir... tiene confianza plena en mí. Le he prometido que, si nos ayuda, la nueva España le condecorará con la Gran Cruz Laureada de San Fernando. Y el Ministerio le girará todos los meses la paga correspondiente.

—Ya lo sé, Mizzián..., de la cruz ¡pasará!, pero las pelas ¡al contado! En el Protectorado el gran visir es ¡el gran chupón!

8:30 h.

El teniente Ruizbal sabía que muchos de sus compañeros se honraban perteneciendo a la UMRA, la Unión Militar de Republicanos Antifascistas.

—Le aseguro que el Ejército no es golpista, a pesar de las apariencias. Entre los ochenta y cuatro generales en servicio activo, no veo a ninguno capaz de perder la cabeza y de alzarse contra el gobierno legal de Madrid. Salvo, en todo caso, a Mola.

No le gustó a Ruizbal la respuesta de su joven asistente:

—El mulo de Mola es de la generación del noventa y chocho como Una-mona.

8:45 h.

Seguí había dado cita a las diez de la mañana en el Casino Militar a los oficiales conjurados.

—Todo el Ejército está detrás de nosotros y podría venir al Casino. Para jugárselo todo por la patria y no en el verde tapete del salón. ¡Todos! ¡O casi todos! Si no contamos a ciertos elementos pequeño-burgueses y a algunos generales. Como al cachigordo Romerales. ¿Sabéis que en la Comandancia le llaman el «nueveculos»? La UME, la Unión Militar Española, es la espada del alzamiento. Somos cerca de cuatro mil oficiales afiliados. ¡Y en servicio activo!

9:00 h.

El teniente Ruizbal, mientras tomaba por última vez el café en su casa melillense con su asistente, calculó el número de adictos a la UME.

—Ni siquiera la mitad de los oficiales es favorable a ese gremio golpista. El propio general Franco escribió al jefe de Gobierno, Santiago Casares Quiroga, hace menos de un mes, el 23 de junio: «El Ejército tiene la máxima voluntad de apoyar al gobierno legal».

9:10 h.

En su día, a Seguí no le gustó aquella carta «tan complaciente» de Franco. Mola le tranquilizó en Pamplona:

—No se preocupe, Seguí. Menudo lagarto es Franquito. ¡Cómo sabe camuflarse el muy camaleón! Ha hipnotizado a ese alcornoque de Casares Quiroga, incapaz de gobernar ni tan siquiera la casa de juguetes de su hija María.

9:15 h.

Por última vez el teniente Ruizbal recorrió su trayecto matutino acostumbrado acompañado de su asistente. Desde Melilla la Vieja hasta el Polígono, desde su casa hasta el cuartel de Cazadores de África número 3.

Antes de salir besó a su mujer, dormida. Y se sintió, casi como el primer día que la vio, como un náufrago sin aliento alcanzando el oasis de la sensualidad.

9:30 h.

El teniente coronel Seguí llamó por teléfono al teniente Rodríguez de la imprenta del Tercio:

—Mi teniente, ¿recibió el paquete del teniente coronel Yagüe?

—Ayer, un emisario nos lo trajo desde Ceuta, en un gran sobre lacrado.

—Le ordeno que lo abra.

9:31 h.

A la puerta del cuartel, el sargento Riera abordó a su amigo el teniente Ruizbal.

— Aquí está pasando algo raro.

—Veo que sigue obsesionado por lo que creyó ver la semana pasada durante las maniobras de Llano Amarillo.

—No lo que creí ver, sino lo que vi. Para mí —dijo el sargento—, tanto Seguí como Yagüe son de muy poco fiar..., ¡carne de pronunciamiento!

—La mayoría de los oficiales que nos reunimos en Llano Amarillo somos leales al gobierno elegido por el pueblo. Por ejemplo, los mandos de los cinco grupos de regulares indígenas, de los catorce escuadrones de caballería mora, de las dieciséis compañías de ametralladoras o de las nueve baterías de artillería.

—Y de Yagüe y Seguí, ¿qué me dice?

—Yagüe es tan sólo el comandante en jefe de la Legión y Seguí...

—Estoy convencido —insistió el sargento Riera— de que se sirvieron de las maniobras para transmitirse instrucciones sediciosas. Allí nos reunimos cerca de veinte mil hombres.

9:32 h.

El teniente coronel Seguí preguntó al teniente Rodríguez:

—¿Ha dado con él?

— Sí, mi teniente coronel..., es un bando.

—¿La declaración del estado de guerra?

—En efecto.

—¿Y firmado por el general Franco?

—Así es. Las últimas líneas del bando dicen: «Firmado por Francisco Franco, general de División y Jefe de las Fuerzas Armadas de África».

—Mi teniente, reprodúzcalo inmediatamente en la imprenta del Tercio.

—¿En cuantos ejemplares?

—Tire los que haga falta ¡y cien más! Hoy a las diez de la noche una escuadra al mando del teniente coronel de Infantería Bartolomé Fernández Longoira, en situación de disponible forzoso (¡ya sabe que tuvo el honor de ser castigado por el Gobierno!), cubrirá las paredes de Melilla con el pasquín. Para que se enteren los del colmillo retorcido de que se lo vamos a arrancar sin tuerca. ¡A derechas!

9:45 h.

El teniente Ruizbal, contrariamente al sargento Riera, no advirtió en el cuartel anormalidad alguna.

La víspera por la noche tampoco el general Romerales, durante su visita de inspección, observó ninguna irregularidad. En la Casa del Pueblo bromeó con los líderes políticos:

—Veo que las masas están ojo avizor... y cartas de mus en las manos.

Y luego, volviéndose a su ayudante, le dijo:

—Ya lo ve, Peñuelas. No ocurre nada... ¡Podemos dormir tranquilos!

Sin embargo, durante el desayuno en el cuartel otra vez los compañeros de Ruizbal se jalearon al grito de «¡café!».

Ruizbal se dirigió a su buen amigo el teniente Luis Carrasco, que también se divertía voceando la consigna como un colegial travieso:

—¡Pues vaya secreto y vaya broma! ¿Tan graciosa te parece? Todos sabemos lo que significa el grito de «café»: «Camaradas-Arriba-Falange-Española».

—Todos, salvo el «nueveculos» y el... ¡«capitán»!

—¿Te refieres a Romerales?

—Me refiero al comandante-en-jefe-de-Melilla-y-comandante-de-la-Zona-Oriental-de-Marruecos, el general Romerales, y al alto-comisario-en-Marruecos, el «capitán» Álvarez Buylla.

—¿Capitán?¡Es un civil!

—¿Ya no te acuerdas? Durante el desfile que cerró las maniobras de Llano Amarillo iba vestidito con su disfraz de capitancito ¡tan marcial!

—No es razón para que le tomes el pelo.

—Nos tronchamos de risa con él durante el banquete final. Cuando gritamos «¡café!», comentó: «No comprendo, acabamos de comenzar los entremeses y ya los jóvenes oficiales piden el café».

10:00 h.

Con puntualidad comenzó la reunión de los conjurados en el Casino Militar.

El teniente coronel Seguí dio parte de los movimientos de tropa previstos por Yagüe. Tal y como habían sido fijados en Llano Amarillo, hacía una semana:

—Bajarán a Melilla la primera y la tercera bandera del Tercio de la Legión de Extranjeros. Para ello irán desde Llano Amarillo a Villa Sanjurjo. Y en esta ciudad embarcarán hacia Melilla para respaldarnos. Que aquí hay mucho extremista suelto y mucho sindicalista atado a su chupacuotas.

10:05 h.

Fernando Ruizbal contempló insatisfecho el óleo que había terminado de pintar la tarde precedente. Y pensó en su padre... en «Ángel» (como siempre le llamó):

—Me falta la técnica y el saber hacer nato de Ángel. Yo debía haber optado por la Academia de San Fernando y no por la Militar de Toledo. Cómo me gustaría que mi hijo, Fernando David, coronara una estirpe de pintores que alcanzó tan alta cima con Ángel. La he quebrado por mi vocación militar.

Su amigo el teniente Carrasco interrumpió sus reflexiones.

—¡Joder, coño! Eres un pintor de mil pares. ¡Qué retrato de mora! Se sale del cuadro. Dan ganas de comérsela a besos. ¡Lástima que seas tan extremista!

—¡Y tú tan reaccionario! —bromeó Ruizbal.

—¿Yo, reaccionario? ¡Soy un revolucionario! Los nuestros estamos a favor de la revolución nacional-sindicalista. Defendemos a los obreros. Como nadie. Y no como tú, que, inconsciente y a lo Cristo, tratas a los soldados más anarquistas como si fueran tus hermanos.

—No has cambiado desde la Academia. Pero, por favor, no te metas en pronunciamientos u otras sanjurjonadas.

—El otro día hablábamos de ti la gente sana y patriota del batallón. Todos estuvimos de acuerdo. Eres el tío más raro de Melilla y el único militar poeta. ¡Que estás en las nubes! ¡A ver cuándo aterrizas!... Pero todos reconocimos que eres el mejor retratista al óleo que ha parido madre.

El teniente Ruizbal, escamado, preguntó a su amigo:

—¿Pero qué pasa aquí? ¡Toda la oficialidad del batallón, de pronto, se ha esfumado! ¿Adónde se ha ido?

—Al Casino Militar..., creo..., pero... yo.... no sé nada.

—¿Estáis conspirando, Carrasco?

—Qué cosas tienes. No imagines.... Tú a la pintura que es lo tuyo.

—Te advierto que si va de pronunciamiento lo vais a tener muy duro. Los sindicatos y las juventudes de la Casa del Pueblo están preparados para todo.

—Calla, calla... Que tú de estrategia sabes menos que los generales de Napoleón en Bailén.

10:10 h.

Seguí, furioso, hablaba con el teniente coronel Yagüe por teléfono:

—No... ¡No!... La gente no va a soportar otro plantón. No se puede retrasar el alzamiento otro día más. Habíamos decidido que sería hoy viernes a las diez de la noche. Todo está a punto de caramelo y de bayoneta. Ahora mismo estoy reunido con lo mejor de Melilla. Aquí en el Casino Militar.

— Ha surgido un contratiempo. El general Balmes...

—¿El comandante militar de Las Palmas? Que le den morcilla y del calibre 8. ¿Qué nos importa ese lameculos pelotillero del Gobierno?

—Óigame, Seguí, a Balmes se le disparó la pistola cuando la estaba manipulando. ¡Se ha matado!

—¿Le... hemos matado..., quiere decir? Pues que le entierren con el himno de Riego en el cementerio de los chuchos falderos. Así no habrá obstáculo ninguno para que tome el mando en las Canarias el general Orgaz, cuando quede vacante el puesto por la venida a Marruecos de Franco. Orgaz es de los nuestros. Está castigado (¡arresto domiciliario!) precisamente en Las Palmas por hostilidad al Gobierno.

—Seguí, la versión que usted propone no conviene a nuestra causa. ¿Qué pensarían los generales más conformistas si creyeran que nos hemos cargado antes del parto a uno de sus compañeros? Franco se ha trasladado desde Santa Cruz de Tenerife a Las Palmas para visitar la capilla ardiente. ¡Con la venia del gobierno de Madrid! Salió esta mañana en una lancha en compañía de su mujer y su hija. Y en estas condiciones...

—Todos... ¡patas arriba!... ¡y con el culo al aire!

—Sin Franco, como sin Sanjurjo o sin Mola, no tendría sentido la cruzada.

—Entonces, ¿cuándo coño vamos a pasar al ataque?

—En vez de alzarnos hoy 17 a las diez de la noche, lo haremos mañana, sábado, 18 a la misma hora.

—¿Cómo voy a hacer tragar esta «espantá» a mis compañeros?

—Conozco su valor y el de sus hombres. Todos ustedes harán frente a este percance con disciplina, coraje y amor a la Patria.

10:20 h.

Fernando Ruizbal decidió pintar el fuerte de María Cristina tras el almuerzo. Previno a su asistente para que tuviera preparados los dos caballos.

10:21 h.

El teniente coronel Seguí contuvo difícilmente la impaciencia de los conjurados:

—Como les digo, el alzamiento tendrá lugar mañana a las diez en punto de la noche. Y no hoy. Cada una de las banderas, batallones y destacamentos cumplirá la misma misión.

—¿Y qué va a pasar en los demás puntos del protectorado?

—A la misma hora, a las diez de la noche, de mañana 18 de julio, Yagüe se alzará en Ceuta con la Legión; Sáez de Buruaga, en Tetúan; Múgica, en Larache; el Tabor de Regulares de Torres de Alcalá, en Villa Sanjurjo; Franco y Orgaz, en las Canarias.

—¿Y en la Península, mi teniente coronel?

—Tomen nota y no pierdan hilo: el general de Carabineros Gonzalo Queipo de Llano ocupará Sevilla; el general Varela, detenido en el castillo de Santa Catalina por orden del Gobierno, será liberado y tomará Cádiz; el general González Carrasco se encargará de Valencia; el general González de Lara, de Burgos; el coronel García Escámez (a las órdenes de Mola), de Pamplona; el coronel Cascajo, de Córdoba; el general Paxtot, de Málaga; el general Cabanellas, de Burgos; el general Fernández Burriel, de Barcelona; el general Goded, de las Baleares; el general Aranda, de Oviedo; el coronel Alonso Vega, de Vitoria; el general Saliquet, de Valladolid; el general Fanjul, de Madrid. Etcétera. (Hizo una pausa y añadió solemne:) Etcétera.

—¿Qué haremos hasta las diez de la noche de mañana?

—Nuestro deber es descansar... y prepararnos mentalmente. La Patria necesita la entrega y, si es necesario, el sacrificio de sus mejores hombres.

—¿Queda anulada también la reunión de esta tarde?

—No. Vamos a repartir las pistolas a los falangistas

de la Primera Línea. A esta reunión sólo estamos citados además de los civiles cuatro tenientes, dos capitanes de la Guardia Civil, los comandantes Zanón y Medrano y el teniente coronel Gazapo. A las cuatro en punto de la tarde me reuniré con ellos en la Alcazaba, exactamente en la Comisión Geográfica de Límites.

El coronel Solans tomó la palabra sin que nadie se la hubiera dado:

—Como segundo jefe de la Comandancia de Melilla tengo plena confianza en el teniente coronel Seguí para la organización táctica y estratégica del alzamiento en Melilla.

Ya no cabía duda alguna, el coronel, aunque en el último momento, se había unido a los conjurados. Y para rubricarlo gritó :

—Hasta mañana a las diez de la noche. ¡Viva España grande y honrada!

FERNANDO RUIZBAL PINTA EL FUERTE MARÍA CRISTINA DE MELILLA DURANTE LA TARDE DEL 17 DE JULIO

Fernando Ruizbal estaba pintando al óleo el fuerte de María Cristina sin imaginar que aquella misma noche iba a ser encarcelado en sus subterráneos.

—¡Cómo me gusta vivir en «Melilla la Vieja», a un paso del faro antiguo y del antiguo teatro!

Mucho de teatro —pensó— tuvo la expedición que al mando de Pedro de Estopiñán tocó tierra en Melilla hacía casi medio milenio: el 17 de septiembre de 1497. Los silenciosos soldados de la compañía militar (¡como tramoyistas de teatro!) idearon una treta para desembarcar. Durante la noche montaron en el arrabal del peñón una falsa muralla de piedra. El telón del teatro se alzó al amanecer, como si en vez de ir a Melilla para conquistarla sólo hubieran querido ilustrar un nuevo discurso de las artes y las armas.

—Imitando a la más inexpugnable muralla, un decorado de maderos pintados permitió dar aquel primer paso. Soldados-decoradores de un elenco de conquistadores comediantes plantaron las tablas del teatro en las rocas de Melilla.

Soñaba el joven teniente con formar parte de un ejército de artistas.

—¡Mis compañeros conspiradores son tan absurdos!

Los espectadores indígenas de Melilla ¿aplaudieron a la *troupe* visitante de Pedro de Estopiñán? ¿Creyeron que, por encanto, con cantos había amurallado el peñasco? Para chasco de cruentos historiadores, la comedia no terminó en tragedia. Ni siquiera requirió un cubilete de zumo de granada que en aquellos tiempos servía de fina hemoglobina hollywoodiana. (¡Era la sangre de los corrales, de los teatros!) La hazaña del destacamento de Estopiñán se le antojaba como destacada imagen de la Melilla que prefería: plácida... y mágica.

—¿Por qué ciertos oficiales de mi batallón en vez de tramar pronunciamientos no optan por una solución pacífica... y ética?

Los primeros señores de la zona, supo el joven teniente, fueron los duques de Medina-Sidonia. Habían galanteado durante la Reconquista con los reyes musulmanes norteafricanos. Ambas partes dieron pruebas de tolerancia («lo que más necesitamos hoy en 1936... y no sólo en mi cuartel»), por encima de creencias y religiones. Como memoria y reliquia de aquella colaboración campa un dragón en el escudo de la casa de Medina Sidonia (¡y en el de Melilla!).

Ruizbal dio con la leyenda que contaba cómo un dragón devorador de leones aterrorizaba a los habitantes de la región; y cómo el medino-sidónico Guzmán el Bueno se enfrentó a la fiera y le apagó los fuegos de una estocada de puño, atravesándole las entrañas. Remató la faena cortándole la lengua. Volvió triunfal a Melilla, apéndice en mano... y león por escolta cual chucho faldero.

Fernando Ruizbal consultó mapas y portularios mallorquines y descubrió que a Melilla la conocían romanos y fenicios por el nombre de Rusadir. Se alzaba en la raya que separaba los reinos de Fez y de Tremecén, que tan encarnizadamente se combatieron. Durante siglos fue una tierra sin nadie, un fantasmagórico lugar despoblado.

—Precisamente aquí donde ahora se edifica una de la ciudades más modernistas del siglo.

Buscando paisajes para sus cuadros, había recorrido Ruizbal aquellas tierras a lomo de caballo. Sin más compañía que la de su asistente. Sin temor a las emboscadas que tanto espantaban a algunos de sus compañeros.

Más de medio siglo después del asentamiento de Pedro de Estopiñán, Melilla contaba (en 1550) tan sólo con 200 civiles. Cuando Valladolid, por ejemplo, tenía ya 38.100 habitantes y Baeza 14.625. En los archivos de la Comandancia leyó cómo se distribuían aquellos primeros doscientos pobladores:

«Diez gastadores de obras (es decir, picapedreros y albañiles), 20 esclavos, 100 chicos y chicas, 60 mujeres y 10 herradas (rameras).»

Los soldados hubieran debido recibir 13 maravedíes por día y seis raciones de trigo..., «pero nunca se les pagó a tiempo, cuando esto se hizo». Se dijo Ruizbal que la historia se repetía. (Recordó aquella novela que tanto le había impresionado, *Imán* de Ramón J. Sender, que tenía por marco precisamente Melilla y Annual). Aquel desorden en el pago provocó, en aquellos tiempos, deserciones y ¡conversiones!

«Cada día se ven más soldados a tornar moros»... «Luis Manrique se ha ido a los moros y nos lleva un caballo que nos hace más falta que su persona»...

«El clérigo, que es rechazado, se emborracha»... «no tiene mujer pero es hombre y celebra cada día sin confesarse ocho meses ha»...

«El hospital consta de diez parihuelas y dos enfermeros»... «y no tiene Melilla donde los enfermos se recojan».

Carlos V, partidario de retirarse de la ciudad, enumeró a Maximiliano de Austria en carta del 11 de septiembre de 1550 las ventajas del abandono de la ciudad.

Con qué guapeza e inspiración, pasados cuatro siglos, Melilla se ensanchó, renaciendo. Las autoridades, a poco de la llegada del teniente Ruizbal, otorgaron a la ciudad el título de «muy caritativa».

—¿Y por qué no se celebra su modernidad? Pocas ciudades la abordan con tal rejo y empuje en este comienzo de siglo. ¡Qué suerte la mía! ¡Soy testigo de esta eclosión modernista! ¡Cómo lamento que algunos de mis compañeros en vez de participar en el renacimiento melillense se encierren, por patriotismo mal entendido, en el lóbrego sumidero de la conspiración!

El secreto del brío y poderío de Melilla, creía Ruizbal, residía en la esencia de la ciudad: su capacidad de integrar en su seno sabidurías y conocimientos dispares.

—En una ciudad así nunca podrá producirse un pronunciamiento, como el fallido del general Sanjurjo.

La tolerancia melillense, pensaba Ruizbal, se alza al rango de arte de vivir.

—En Melilla se puede participar con la misma intensidad y devoción en el Ramadán musulmán, el Yon

Kipur hebreo, la fiesta del Holim hindú y la Navidad cristiana.

Soñaba con que un día Melilla, mejor que Ginebra, fuera sede de la Sociedad de Naciones, creada dieciséis años antes.

¡Cómo le fascinaba al joven teniente el urbanismo de la ciudad! Se daban cita, sin cuitas, vanguardistas y clásicos. ¡Y con qué arte y oficio!

—¡Cómo admiro al arquitecto y urbanista Nieto y Nieto! ¡Y, sin embargo, cuántos aquí despotrican contra su obra!

Nieto y Nieto, hijo de Barcelona y del modernismo, llegó a Melilla (poco antes que el teniente Ruizbal) a los veinte años recién cumplidos, tras haber participado en la construcción, con su maestro Gaudí, de la *Pedrera* de Barcelona.

Durante los cinco años que el teniente llevaba en Melilla vio emerger los edificios que cimentaron su estilo único y sintetizador. No en balde en sus atalayas y playas se hermanaban los niños de sus diferentes pueblos. Observándolos, Fernando Ruizbal pensaba:

—Lo que necesita el país y el mundo es fraternidad, amor de los unos por los otros.

Cubismo y futurismo, estridentismo y creacionismo, surrealismo y expresionismo, dadaísmo y renacentismo, neo-románico y neo-gótico, *modern style* y *art-déco*. Todas las facetas del arte arquitectónico aparecían, para su felicidad, en las fachadas de la ciudad, como paleta de la integración de contrarios. Había oído —y no le extrañaba— que Melilla había hecho soñar a Sonia Delaunay y a los «simultaneístas»; que el «revolucionario» Rafael Barradas anhelaba una arquitectura «ultramelillense» y «vibracionista», y que a la par que comenzaba la epopeya urbanística de la ciudad, Le Corbusier cenaba en la casa ultraísta de Huidobro con Juan Gris y Fernand Léger, intentando condensar, a la imagen de Melilla, contradicciones. Mientras Cansinos, sin cansarse, repetía: «la salvación reside en aceptarlo todo... todo lo que sea nuevo».

—«Condensar contradicciones», «aceptarlo todo», ésas deberían ser las divisas de un país inteligente. ¿Qué van a ganar ciertos de mis compañeros del Ejército conspirando para que media España se enfrente con la otra mitad?

No le extrañó saber que Melilla, por el mágico modernismo de su arquitectura, había seducido al inventor de la «ciudad lineal», el urbanista revolucionario Arturo Soria. Aquel hombre que se atrevió a dimitir de su cargo de gobernador de Puerto Rico y a enfrentarse a la inquina de los poderes establecidos.

—¡Cómo me arrebata su carrera!: Fundador de la escuela pitagórica, descubridor del pentatetraedro, teorizador del primer metro, creador de matemáticas renovadoras, imaginador de quiméricas visiones. ¡Cómo me gustaría ir a Madrid tan sólo por visitar los prolegómenos de su «ciudad lineal»!

Supo que Arturo Soria soñó con una calle de 500 metros de anchura que enlazara Melilla con El Cabo o Madrid con Cádiz. Por la parte central de la inmensa cinta correrían trenes, tranvías, bomberos, barrenderos y las canalizaciones de agua, de gas y de la electricidad. A la espalda y a la derecha e izquierda de la «línea» los ciudadanos vivirían en casas inviduales con jardines, contemplando un campo sin fin.

—¡Soy incapaz de explicar a mis compañeros aventureros esta aventura auténtica! En verdad, a la mayoría de ellos no les interesa la modernidad aunque se dicen patriotas. Y, sin embargo, el país cuenta con los mejores abanderados del mundo: Ramón y Cajal (que acaba de morir), Dalí, Alfonso Salazar, Cansinos Assens, Mauricio Bacarisse, Juan Chabás o Francisco Bores. Melilla, gracias a su arquitectura reformadora y a sus edificios modernistas, es la vitrina de esta hazaña.

Los Medina-Sidonia, como si hubieran imaginado siglos antes que en 1908 su escudo sería el de Melilla, instalaron en su cresta como cromo de colorín un Guzmán el Bueno vestido de «Guerrero del antifaz». Asomado en lo alto de su castillo en el aire de juguete, lanza el famoso puñal a los carceleros de su hijo.

—Probablemente, los Medina-Sidonia reivindicaron Melilla porque su antepasado «lengüicortó» al dragón de la leyenda.

Si le hubiera cortado la bolsa, el castrado animal no habría podido exclamar llorando como el filósofo: «Allí donde están mis testículos está mi patria».

—El fabuloso animal del escudo de Melilla me recuerda, más que al «espantoso monstruo» que degolló de una estocada de puño don Guzmán el Bueno, otro dragón: el de la intolerancia.

Ante los rumores de pronunciamiento, ¡cómo le hubiera gustado poder exclamar, remedando a Don Quijote: «¡Dragoncitos!... ¿a mí?».

Fernando Ruizbal siguió pintando el fuerte de María Cristina sin poder imaginar que horas más tarde sería encerrado, por sus compañeros, en uno de sus calabozos.

MELILLA, TARDE Y NOCHE DEL 17 DE JULIO

15:45 h.

El delegado gubernativo en Melilla, Jaime Fernández Gil de Terradillos, era uno de los hombres más leales, en Marruecos, al Gobierno.

—Con el reparto de pistolas a los falangistas de Primera Línea los conjurados se van a desenmascarar. Esta vez va en serio el golpe de Estado. Pero les va a salir por la culata. El Gobierno no acusará el golpe. No se dejará avasallar por el cuartucho de la oficialidad más sediciosa y exaltada.

Desde su gabinete se comunicó con Madrid gracias al telégrafo Hughes.

—La situación no puede ser más grave. Los golpistas se van a reunir en la Comisión Geográfica de Límites dentro de unos minutos. A las cuatro. Anote los nombres de los principales cabecillas y cabezotas de Melilla...

Luego llamó por telefono al general Romerales.

—Mi general, le ruego que me reciba inmediatamente.

—No he terminado de almorzar y ya sabe —bromeó— que para mí es un instante cuasi sublime. Mi cuerpo tiene tanto volumen que puede dar cabida a todos los manjares de Arabia.

—No podemos perder ni un minuto.

—Venga, don Jaime. Le espero. Pero voy a sufrir un coitus interruptus. ¡Todo sea por la libertad!

15:55 h.

En su despacho de la Comandancia Militar el general Romerales remataba, arrobado, media docena de bartolillos. Su asistente los había logrado rescatar del almuerzo, metiéndolos en su cartuchera.

Jaime Fernández Gil de Terradillos se sentó frente al general.

—La información la he recibido de uno de nuestros infiltrados más seguros. Dentro de cinco minutos se reunirán los conjurados en la Comisión de Límites con Seguí. Es el «duce» de la insurrección aquí.

—¡El teniente coronel Seguí!... ¿Quién lo hubiera dicho? Me saludó tan afectuosamente en Llano Amarillo hace tan sólo una semana.

—Mi general, me atrevo a sugerirle que envíe una sección de guardias de asalto para que registre inmediatamente la Comisión. Y pillen a Seguí y a sus compinches con las manos en la masa y sus índices en los gatillos.

16:00 h.

Los diez militares llegaron a la Comisión Geográfica de Límites al mismo tiempo que los cinco falangistas de Primera Línea de Melilla y Nador.

La Comisión era un pequeño edificio rectangular rodeado, por tres de sus lados, de un patio. Constaba de una sola planta y seis pequeñas habitaciones. Todas comunicaban con el pasillo. Un muro de tres metros de altura abierto a la empinada calle de la Alcazaba por un portalón abrazaba el modesto caserón.

Los quince conjurados se reunieron en una de las habitaciones en torno a dos mesas unidas.

El teniente coronel Seguí presidía.

—Las pistolas para ustedes, amigos falangistas, están en estas dos cajas de madera. Se espera mucho, ¡pero que mucho!, de la Primera Línea. Pero no olviden que el Ejército manda y dispone. Y a partir de mañana, camaradas, ¡mucho «café»!

16:05 h.

El general Romerales había enviado, siete minutos antes, un telegrama al jefe superior de las Fuerzas Militares de Marruecos, el general Agustín García Morato:

«Le anuncio inminente asalto "golpistas" contra Gobierno. En Melilla. Firmado: Romerales.»

Un asistente le trajo la respuesta también telegráfica:

«Abandono viaje inspección Larache. Vuelo a Melilla. Firmado: García Morato.»

El teniente Zaro entró en el despacho de Romerales. El general Romerales le acogió con su acostumbrado buen humor. Luego, recomponiendo su figura, le dijo, marcial:

—Mi teniente, con su sección de guardias de asalto le ordeno que registre la Comisión Geográfica de Límites —y bajando el tono le indicó—: Está escondido allá un cargamento de pistolas destinado a los facciosos de Primera Línea. En dos cajas de madera. Comprenda, mi teniente, la gravedad y la importancia de su misión. Vamos a abortar el nacimiento... de otro pronunciamiento.

16:20 h.

El teniente Zaro, al mando de once guardias de asalto y cuatro policías, entró en el patio de la Comisión Geográfica de Límites, donde estaban reunidos los conjurados.

Seguí distinguió las sombras difuminadas detrás de la persiana echada.

—¡Coño! Vienen por nosotros. Alguien ha dado el chivatazo.

—¡Hostias! ¡Los ratones!

Así llamaban los militares sediciosos a los miembros del cuerpo más fiel al gobierno legal: los guardias de asalto.

—¿¡Nos van a detener!?

—Hay que impedir que pasen. Tú, Julio, llama por teléfono al Tercio. Que venga una patrulla armada para liberarnos. ¡Ya!

—Yo, que soy el oficial de más alto grado de esta reunión —dijo el coronel Gazapo—, voy a ganar tiempo con el teniente y los guardias de asalto.

La sección del teniente Zaro había alcanzado la puerta del edificio. El centinela, sorprendido, no sabía qué actitud tomar.

Salió sonriente el coronel Gazapo y se dirigió al jefe de la sección:

—Buenas tardes, mi teniente. ¿Cuál es la razón de su presencia?

—Tengo orden, mi coronel, de practicar el registro de la Comisión.

—¿Por qué razón?

—Mis hombres y yo estamos cumpliendo con nuestro deber.

—No lo pongo en duda, mi teniente. Pero ¿lleva usted un mandato escrito?

—Hace un cuarto de hora el propio general Romerales verbalmente me ordenó que....

—Permítame, mi teniente, que le llame por teléfono personalmente.

16:25 h.

La patrulla de legionarios al mando del sargento Sousa se dirigió a la Comisión Geográfica de Límites, obedeciendo las órdenes que le había dado desde la misma Comisión, por teléfono, el teniente Julio de la Torre.

Los legionarios llegaron a la carrera.

Entraron en la Alcazaba.

Los veinte iban armados. Granadas de mano al cinto. Los fusiles montados. Prestos para disparar.

16:26 h.

El coronel Gazapo, haciendo durar los segundos minutos, hablaba por teléfono con el general Romerales:

—Mi general, ¿es cierto que ha dado orden de practicar un registro en la Comisión de Límites?

—Así es, mi coronel.

—Aquí sólo hay mapas.

—Claro, ya lo sé. Pero el registro debe practicarlo el teniente Zaro con sus propios hombres, como le he pedido. Mi coronel, le ruego que facilite la misión de los guardias de asalto —tras breve pausa, añadió—: ¡Es una orden!

16:27 h.

Los veinte legionarios entraron en el patio de la Comisión. Se toparon con los dieciséis guardias de asalto.

Durante unos segundos, los dos grupos, inmóviles frente a frente, parecían esperar una orden. Reinaba una gran confusión.

El teniente legionario Julio de la Torre (que estaba en la habitación con los conjurados) saltó por la ventana al patio. Gritó con fuerza:

—¡Legionarios!, apunten a los guardias de asalto.

El teniente Zaro trató de interponerse:

—¿Se ha vuelto loco, mi teniente?

—Si usted o uno de sus hombres dan un solo paso, mis legionarios le levantarán la tapa de los sesos.

—¿Cómo puede imaginar que uno de mis hombres va a disparar contra un soldado de la Legión Española?

Un silencio de diez segundos reinó en el patio. Luego, enérgico, el teniente Julio de la Torre ordenó a los policías y guardias de asalto:

—Depongan las armas. ¡Inmediatamente!

Los guardias de asalto y policías arrojaron todas sus armas al suelo.

Uno de los guardias de asalto suplicó:

—Por favor... Se lo ruego... No me maten... Soy padre de familia.

16:30 h.

No podía imaginar Ruizbal, mientras pintaba, que acababa de concluir el primer acto bélico de la guerra civil española.

En aquel momento, el joven teniente había terminado de trazar en el lienzo, al carbón, el contorno del fuerte de María Cristina.

—No dispongo, ni mucho menos, del don excepcional que tenía Ángel para pintar. ¡Y sobre todo para dibujar! ¿Por qué se empeñó mi padre en que le llamara «Ángel»?

Ángel (su padre) fue durante su infancia y adolescencia el mejor amigo de Julio (Romero de Torres). Nacieron el mismo año (1874), en las inmediaciones de la plaza del Potro (¡y del Museo!) de Córdoba. Murieron ambos también en la misma ciudad de Córdoba y en el mismo año: 1930.

—Ángel tuvo la suerte, que yo no tuve, de codearse, desde su niñez, con los mejores pintores y artistas cordobeses. Pero mi hijo Fernando David...

El padre de Ruizbal y Romero de Torres, con tan

sólo diez años de edad, fueron admitidos en la Escuela Provincial de Bellas Artes de Córdoba.

—Ángel, con razón, ganaba los «primeros premios» y... Julio, tan sólo, los «accesits».

16:32 h.

El teniente coronel Seguí llamó por teléfono, uno a uno, a los principales conjurados.

—El alzamiento ha comenzado. ¡Ya! Hemos ganado la primera batalla en la Comisión de Límites. Frente al comando enviado por Romerales. Cumpla a rajatabla el plan previsto. Mano dura con los mansos. Los que no están con nosotros están frente a nosotros. ¡Fuego!

El coronel Juan Bautista Sánchez llamó por teléfono a Snada. Habló con el comandante en jefe del Tabor:

—¡Arriba España! Le ordeno que tome Alhucemas.

Las tropas indígenas de Nador, Segangan y Tahuima y los legionarios fueron enviados, por los rebeldes, a Melilla. El comandante Zanón ordenó a las guarniciones de Einzoren y Dar Drius que también se pusieran en marcha hacia Melilla.

—Aquí en la ciudad, infestada de extremistas, sólo disponemos de un centenar de soldados seguros para achicharrarlos.

Al mismo tiempo se produjeron las sublevaciones en Ceuta, Tetuán y Larache.

18:00 h.

El teniente Ruizbal terminó de pintar. Cargó, con ayuda de su asistente, en las alforjas de los caballos, los tubos de óleo, el caballete, los pinceles y el lienzo. Por última vez en su vida.

Se dirigió hacia el cuartel, pensando en el padre de Julio («¡y de ocho hijos más!»), Rafael Romero de Torres Barros. Algunos, en Córdoba, le reprochaban el que, como conservador del Museo, lo hubiera instalado en el antiguo edificio del hospital de la Caridad. Ángel había aplaudido aquella decisión:

—¡Viva Mendizábal y la desamortización de los bienes de la Iglesia!

El padre de Julio había completado sus estudios en Sevilla, donde se hizo amigo de Gustavo Adolfo Bécquer. Pero su admiración por el poeta, al que con tan harta frecuencia citaba, abochornaba o divertía a los dos amigos, Julio y Ángel

—No les gustaba a ninguno de los dos aquella estética dieciochesca del sentimiento, teorizada en Sevilla y transmitida también por Alberto Lista. Pero, para sorpresa de todos, años más tarde Julio se convirtió a ella. Y se transformó en Julio Romero de Torres.

18:01 h.

En la Delegación del Gobierno fue detenido Jaime Fernández Gil de Terradillos. Acababa de enviar un telegrama al jefe de Gobierno, Casares Quiroga.

A la misma hora... el primer Tabor de Regulares ocupó el aeródromo de Tahuima, junto a Melilla, sin disparar ni un solo tiro.

A la misma hora... el Gobierno se reunió en Madrid.

—Conocida la sublevación en Melilla, ordenamos al general Núñez de Prado que viaje a Tetuán.

A la misma hora... ocupó la base de hidroaviones de Atalayón, próxima a Melilla, el primer escuadrón de Caballería, con la ayuda del segundo tabor de Alhucemas. Al mando del comandante Mizzián.

—Dos alféreces y noventa y cinco soldados adictos a Madrid, al mando del capitán Laret, nos han presentado batalla. Dos regulares del Tabor han caído muertos por Dios, por la Patria... y ¡por Alá!

Fueron las dos primeras víctimas de la guerra civil.

18:05 h.

Por última vez en su vida, Ruizbal volvió a caballo al cuartel tras haber pasado la tarde pintando.

—Ángel y Julio conocieron una época vivificada por las batallas en pro y en contra de la modernidad.

En tiempos de su padre, bajo la bandera del regionalismo, antiacadémicos y vanguardistas trataron de renovar el arte sin romper con la tradición.

—Pero Ángel no optó, como su amigo Julio, por el compromiso con lo andaluz. A mi padre nunca le reconfortó una idea, sino el duende silencioso de la maestría.

18:06 h.

El jefe superior de las Fuerzas Militares de Marruecos, general García Morato, aterrizó en el aeródromo de Tahuima. Llegaba de Larache. Acababa de inspeccionar las tropas. No sabía que el aeródromo melillense había sido ya tomado por los sublevados.

Al pie de la escalerilla del *Bréguet* le esperaba, con el fusil montado, una patrulla de regulares. Le arrestaron con cierta brutalidad.

Mientras tanto, el comandante Bermejo, interventor en Tensamán, se aseguró, con la complicidad del comandante Mizzián, de la lealtad al ejército alzado de las cabilas marroquíes.

A la misma hora, el jefe de Gobierno, Casares Quiroga, regañó por teléfono a Arturo Álvarez Buylla:

—¡Vaya!, por lo visto, la última persona en enterarse de los disturbios de Melilla es usted: el «alto comisario de España en el Protectorado».

18:15 h.

Por última vez, Ruizbal cruzó a caballo la puerta del cuartel de Cazadores de África número 3, acompañado de su asistente.

—En tiempos de Ángel y Julio nadie podía vivir de la pintura de caballete. En vez de renunciar a su vocación, Romero de Torres prefirió dedicarse a la ilustración, valiéndose de su oficio de dibujante.

Con la Restauración se asistió en España al florecimiento de la prensa periódica. Mientras su padre abrazaba una profesión rentable y segura, Romero de Torres ilustraba las páginas de *Gran Vía,* la revista madrileña más «moderna».

—Gracias a su colaboración en *Gran Vía* (a partir del 11 de mayo de 1894), Julio se introdujo en los círculos vanguardistas del «costumbrismo modernista», mientras que Ángel transformaba la pintura en su violín de Ingres. Sin dejar que las rocas enterraran su arte.

18:16 h.

El coronel Solans y el comandante Zanón entraron en el despacho del general Romerales. Sin solicitar permiso alguno.

Unos minutos antes, los Regulares de Alhucemas habían tomado por asalto el edificio de la Comandancia Militar. Sin encontrar resistencia.

El coronel Solans discutió tensamente con su inmediato superior en la Comandancia de Melilla, el general Romerales. En presencia del comandante Eduardo Seco Sánchez, leal al Gobierno y uno de los hombres más cultos, inteligentes y honestos del Ejército.

—Mi general, el Ejército, unido a las fuerzas vivas de la nación, se ha echado a la calle para restablecer el orden. Tiene que decidirse ya: o con nosotros o frente a nosotros.

—Las instituciones del Gobierno, Solans, funcionan normalmente. Siempre y cuando los cuerpos armados, en vez de sublevarse, se conformen con obedecer.

—«¡Normalmente!»..., con los partidos activos y la anarquía consiguiente, no hay gobierno que funcione «normalmente». No es capaz Madrid de restablecer la paz social que garantice el orden público. España tiene que recuperar la tranquilidad.

—Le pido que me secunde, Solans. Usted tiene el deber y el poder de reintegrar las fuerzas alzadas a los cuarteles. Es su obligación de oficial del Ejército.

—Mi general, no me echo atrás.

—¿Se da cuenta de la responsabilidad que va a tomar?

—No conozco otra responsabilidad que la que he contraído con mi Patria.

—Si persiste en su rebeldía, Solans, será condenado a muerte en juicio sumarísimo.

—Daría, mi general, hasta la última gota de mi sangre por España.

—Mi coronel, usted como todos los militares en actividad hemos firmado una declaración oficial. En febrero de 1936. No puede perjurar. La declaración dice: «Prometo por mi honor servir bien y fielmente a la República, obedecer sus leyes y defenderla con las armas».

—Declaración redactada por Azaña..., es decir, ¡papel mojado!

18:20 h.

Por última vez, el teniente Ruizbal dio dos terrones de azúcar a su caballo antes de llevarlo a las caballerizas.

—Ángel no se movió de España, mientras que Julio visitó Francia, Italia, Holanda... ¡y Marruecos! Dejándose llevar por el exotismo orientalista de Fortuny.

A partir de 1905, en la revista *Renacimiento,* colabora Julio Romero de Torres con Unamuno, Valle-Inclán, Benavente o Felipe Trigo.

—La mujer, la copla, el baile flamenco, el toreo, la religiosidad popular, fueron los arquetipos de la identidad cultural andaluza con los que Julio forjaba la leyenda de una España moderna y costumbrista.

Gómez de la Serna, los Álvarez Quintero, Pérez de Ayala, Benavente, Antonio y Manuel Machado se rindieron a su obra.

«Este gran pintor, emotivo y consciente, sabe que para ser perpetuado por el arte no es la verdad aquello que un momento está ante la vista, sino lo que perdura en el recuerdo...», escribió, sobre Julio, Valle-Inclán.

Pensando en su padre, Ruizbal se dijo:

—¡Lo que no hubiera escrito sobre Ángel de haberlo conocido!

18:21 h.

Seguí entró en el despacho de Romerales. Pistola en mano y seguido por seis oficiales sublevados. Interrumpió brutalmente el diálogo entre Romerales y Solans. Habló con fuerza y determinación no exentas de emoción. Dijo pausadamente la frase que había ensayado:

—General Manuel Romerales..., ex comandante en jefe de Melilla..., está usted detenido. ¡Guardias! Manuel Romerales permanecerá encarcelado e incomunicado hasta nueva orden.

Luego, dirigiéndose al comandante Seco, le preguntó

—¿Está usted con el general o con nosotros?

El comandante Eduardo Seco Sánchez, que tan respetado y admirado era por su coraje y cultura, firmó su sentencia de muerte al responder:

—Estoy a las órdenes del general.

18:30 h.

El teniente Ruizbal se enteró al fin de la sublevación gracias a su amigo el teniente Carrasco.

—Ya veo, por lo que dices, que otra vez una parte del Ejército se ha lanzado a la aventura del pronunciamiento. ¡Y a tumba abierta!

—No digas «una parte del Ejército»..., nos hemos alzado todos salvo tú..., porque estabas por ahí pintando.

—No contéis conmigo para semejante locura.

—Contigo sólo contaremos para que pintes el cuadro del teniente coronel Seguí. ¡Cómo ha planeado y dirigido el alzamiento! ¡Es un genio militar!

—Me gustaría saber lo que está sucediendo ahora en el barrio del Polígono. La gente allí está muy formada políticamente.

—Todo lo tenemos bajo control. El personal civil del Polígono no mueve ni las pestañas.

18:31 h.

Un par de armerías de Melilla fueron asaltadas por jóvenes de la Casa del Pueblo. Recorrieron el barrio del Polígono al grito de: «¡Huelga general!» y «¡Viva el gobierno legal!».

Otros jóvenes se escondieron en los tejados. Se proponían, llegada la noche, disparar contra los insurrectos.

19:00 h.

El coronel Solans asumió el puesto de mando en la Comandancia de Melilla. Sustituyendo a Romerales.

—Les notifico mi primera orden: nombro al teniente coronel Seguí, jefe del Alto Estado Mayor.

Luego declaró la ley marcial y el estado de guerra en Melilla.

—Todos los que votaron por el Frente Popular serán encarcelados.

Una patrulla mandada por el teniente coronel Máximo Bartoméu Fernández Longoira fijó, como previsto, en las paredes de la ciudad el bando del general Franco:

Don Francisco Franco Bahamonde, General de División y Jefe de las Fuerzas Armadas de África.

Hago Saber:

Una vez más el Ejército, unido a las demás fuerzas de la Nación, se ha visto obligado a recoger el anhelo de la gran mayoría de españoles que veían con amargura infinita desaparecer lo que a todos puede unirnos en un ideal común: ESPAÑA.

Se trata de restablecer el imperio del ORDEN dentro de la REPÚBLICA, no solamente en sus apariencias o signos exteriores, sino también en su misma esencia, para ello se precisa obrar con JUSTICIA que no repara en clases ni categorías sociales, a las que ni se halaga, ni se persigue, cesando de estar dividido el país en dos grupos, el de los que disfrutan del poder y el de los que eran atropellados en sus derechos, aun tratándose de leyes hechas por los mismos que las vulneraron: la conducta de cada uno guiará la conducta que con relación a él seguirá la AUTORIDAD, otro elemento desaparecido de nuestra nación y que es indispensable en toda colectividad humana, tanto si es en régimen democrático, como si es en régimen soviético, en donde llegará a su máximo rigor. El restablecimiento de este principio de AUTORIDAD, olvidado en los últimos años, exige inexcusablemente que los castigos sean ejemplares, por la seriedad con que se impondrán y la rapidez con que se llevarán a cabo sin titubeos ni vacilaciones.

Por lo que afecta al elemento obrero, queda garantizada la libertad de trabajo, no admitiéndose coacciones ni de una parte ni de otra. Las aspiraciones de patronos y obreros serán estudiadas y resueltas con la mayor justicia posible, en un plan de cooperación, confiando en que la sensatez de los últimos y la caridad de los primeros, hermanándose con la razón, la justicia y el patriotismo sabrán conducir las luchas sociales a un terreno de comprensión con beneficio para todos y para el país. El que voluntariamente se niegue a cooperar o dificulte la consecución de estos fines será el que primero y principalmente sufrirá las consecuencias.

Para llevar a cabo la labor anunciada rápidamente,

Ordeno y Mando:

Art. 1. Queda declarado el ESTADO DE GUERRA en todo el territorio de MARRUECOS, y, como primera consecuencia, militarizadas todas las Fuerzas Armadas, sea cualquiera la Autoridad de quien dependían anteriormente con los deberes y atribuciones que competan a las del Ejército y sujetas igualmente al Código de Justicia Militar.

Art. 2. No precisará intimación ni aviso para repeler por la fuerza agresiones a las fuerzas indicadas anteriormente, ni a los locales o edificios que sean custodiados por aquéllas, así como los atentados y «sabotajes» a vías y medios de comunicación y transporte de toda clase y a los servicios de agua, gas y electricidad y artículos de primera necesidad. Se tendrá en cuenta la misma norma para impedir los intentos de fuga de los detenidos.

Art. 3. Quedan sometidos a la jurisdicción de guerra y tramitados por PROCEDIMIENTO SUMARÍSIMO:

a) Los hechos comprendidos en el artículo anterior.

b) Los delitos de rebelión, sedición y los conexos de ambos, los de atentados y resistencia a los agentes de la autoridad, los de desacato, injuria, calumnia, amenaza y menosprecio a los anteriores o a personal militar o militarizados que lleven distintivo de tal, cualquiera que sea el medio empleado, así como los mismos delitos cometidos contra el personal civil que desempeña funciones de servicio público.

c) Los de tenencia ilícita de armas o cualquier otro objeto de agresión utilizado o utilizable por las fuerzas armadas con fines de lucha o destrucción. A los efectos de este apartado quedan caducadas todas las licencias de uso de armas concedidas con anterioridad a esta fecha. Las nuevas serán tramitadas y despachadas en la forma que oportunamente se señalará.

Art. 4. Se considerarán también como autores de los delitos anteriores los incitadores, agentes de enlaces, repartidores de hojas y proclamas clandestinas o subversivas, los dirigentes de las entidades que patrocinen, fomenten o aconsejen tales delitos, así como los que directa o indirectamente contribuyan a su comisión y preparación, así como los que directa o indirectamente tomen parte en atracos y robos a mano armada o empleen para cometerlos cualquier otra coacción o violencia.

Art. 5. Quedan totalmente prohibidos los LOCKOUTS y HUELGAS. Se considerará como sedición el abandono de trabajo y serán principalmente responsables los dirigentes de las asociaciones o sindicatos a que pertenezcan los huelguistas aun cuando simplemente adopten la actitud de «brazos caídos».

Art. 6. Queda prohibido el uso de banderas, insignias, uniformes, distintivos y análogos que sean contrarios a este bando y al espíritu que lo inspira, así como el canto de himnos de análoga significación.

Art. 7. Se prohíben igualmente las reuniones de cualquier clase que sean, aun cuando tengan lugar en sitios públicos como restaurantes o cafés, así como las manifestaciones públicas.

Art. 8. Serán depuestas las autoridades principales o subordinadas que no ofrecen confianza o no presten el auxilio debido y sustituidas por las que se designen.

Art. 9. Quedan en suspenso todas las leyes o disposiciones que no tengan fuerzas de tales en todo el territorio nacional, excepto aquellas que por su antigüedad sean ya tradicionales. Las consultas resolverán los pasos dudosos.

Art. 10. Los reclutas en Caja y los soldados de primera y segunda situación de servicio activo y los de reserva que sean acusados de delitos comprendidos en este rango o en el Código de Justicia Militar, quedan sometidos a la jurisdicción de Guerra.

Art. 11. Los jefes más caracterizados o más antiguos de la Guardia Civil, Carabineros, Seguridad y Asalto, con mando y a falta de ellos los Cuerpos Forales, Mozos de Escuadra, etc. (donde existan), se harán cargo del mando civil en los territorios de su demarcación, siempre que en ellos no haya fuerzas del Ejército a quien compete en primer lugar.

Art. 12. Quedan sometidas a la CENSURA MILITAR todas las publicaciones impresas de cualquier clase que sean, para la difusión de noticias, se utilizará la radiodifusión y los periódicos, los cuales tienen la obligación de reservar en el lugar en el que se les indique espacio suficiente para la inserción de las noticias oficiales únicas que sobre orden público y política podrán insertarse. También quedan sometidas a la censura todas las comunicaciones eléctricas, urbanas e interurbanas.

Art. 13. Queda prohibido, por el momento, el funcionamiento de todas las estaciones RADIOEMISORAS PARTICULARES de onda corta o extracorta, incurriendo los infractores en los delitos indicados en los artículos 3.° y 4.°

Art. 14. Ante el bien supremo de la Patria quedan en suspenso todas las garantías individuales establecidas en la Constitución, aun cuando no se haya consignado especialmente en este bando.

Art. 15. A los efectos legales, este Bando surtirá efecto inmediatamente después de su publicación.

POR ÚLTIMO: Espero la colaboración activa de todas las personas patrióticas, amantes del orden y de la paz que suspiraban por ese Movimiento, sin necesidad de que sean requeridas especialmente para ello, ya que siendo sin duda estas personas la mayoría por comodidad, falta de valor cívico o por carencia de un aglutinante que aunara los esfuerzos de todos, hemos sido dominados hasta ahora por unas minorías audaces sujetas a órdenes internacionales de índole varia, pero todas igualmente antiespañolas. Por esto termino con un solo clamor que deseo sea sentido por todos los corazones y repetido por todas las voluntades: ¡VIVA ESPAÑA!

19:01 h.

El teniente Ruizbal por última vez discutió con su amigo el teniente Carrasco.

—No creo que hayáis ganado. ¡Ni mucho menos! A pesar de que vayan a entrar en Melilla el Tercio y los Regulares.

—¡Armados hasta los dientes!

—También están muy bien armados los partidos demócratas y la gente de la Casa del Pueblo.

—Estás en la inopia, ¡pintor! ¡Despierta, que todos nos hemos levantado ya!

—Si la Legión no les gana por la mano, la mayoría sindical y obrera terminará por imponerse.

Irrumpieron en la habitación por sorpresa el comandante Arnáiz y el capitán Ferreiras:

—Teniente Ruizbal, acabo de oír sus despropósitos. En estos momentos en que el Ejército está restableciendo el principio de autoridad, sus palabras son una provocación insoportable para un patriota.

Terció el teniente Carrasco:

—Mi comandante, por favor, el teniente Ruizbal es un poeta, un pintor. Está en la luna. No se da cuenta de lo que dice ni de la importancia de sus palabras. Le garantizo que es una buena persona.

—Capitán Ferreiras, conduzca al teniente Ruizbal a la Sala de Banderas del Batallón.

— Ya verá, mi comandante —dijo el teniente Carrasco— cómo dentro de un par de horas, cuando haya reflexionado, se unirá a nuestra causa.

—Eso espero, Carrasco.

Se volvió hacia el teniente Ruizbal y le dijo marcial:

—Queda usted, teniente Ruizbal, momentáneamente apartado de sus funciones y vigilado. Considere que le damos un trato de favor.

Desde las 20:00 a las 22:00 h.

Los líderes de los partidos gubernamentales de Melilla fueron detenidos, los dirigentes de la Casa del Pueblo y de los partidos obreros, también. Los jóvenes que intentaron hostigar desde terrazas, azoteas y tejados a las tropas sublevadas con armas cortas fueron todos arrestados.

El alzamiento había conseguido todos sus objetivos en Melilla, como en todo el protectorado de Marruecos.

A partir de las ocho de la noche, sólo circularon en la ciudad las patrullas militares.

Nadie violó la ley marcial ni el estado de guerra.

22:05 h.

El teniente Ruizbal seguía encerrado en la Sala de Banderas de su batallón cuando llamó a su guardián, el capitán Ferreiras:

—Mi capitán, comunique al comandante Arnáiz que me niego a formar parte de la sublevación contra el Estado.

—Mi teniente..., le ruego que retire esas palabras suicidas.

— Para mí no hay otro gobierno que el que eligieron libremente los españoles.

—¿Se da cuenta de las consecuencias trágicas que puede acarrear su declaración?

—No deseo, mi capitán, seguir recibiendo este trato de favor. No merezco como prisión la Sala de Banderas. Espóseme y lléveme, como a los demás, a la cárcel.

—Mi teniente, se va a arrepentir si no cambia de opinión.

—Estoy preparado, si fuera necesario, para morir fusilado.

INFANCIA DEL HIJO DEL TENIENTE RUIZBAL. EL RITMO DEL OLVIDO

¡Qué días tan felices vivió en Ciudad Rodrigo, durante la guerra civil, Fernando David, el hijo del teniente Ruizbal!

«La primera noticia que tuve de papá no recuerdo cuándo me la dio mamá. No consigo determinar si me contó una mentira, un bulo, la verdad o un chisme.»

La historia de su padre se convirtió en un mito familiar o por lo menos en un rito y en ocasiones en una leyenda. Leyenda trenzada en torno al silencio.

Intuyó que tras las preguntas sin respuestas se le pedía otro esfuerzo: no preguntar más. Respetó la ley del silencio. Muda de admiración, su madre creyó que su hijo se había olvidado de su padre. Y Fernando David regaló a su madre con el obsequio que más le podía colmar: su renuncia a la curiosidad filial.

«¡Con qué cariño la madre Mercedes me enseñó a leer y a escribir en Ciudad Rodrigo! ¡Con qué nostalgia recuerdo cómo me preparó para ganar aquel concurso nacional de "superdotados"!»

Grandilocuente certamen que luego tanto haría reír al propio Fernando David. Ya adulto, comprendió la hermosura del don de aquella religiosa. La quiso como el hombrecito de menos de diez años que era.

Para la madre Mercedes, su padre formaba parte de aquella España que «quemaba iglesias» y pretendía «alzar» precisamente «a las monjas, a la categoría de madres». Como lo anunciaban los «jóvenes bárbaros de hoy» de uno de los partidos más radicales.

«A pesar de ello, a mí, hijo de uno de aquellos "bárbaros", la religiosa me trató probablemente con más cariño que al resto de mis compañeros de colegio.»

Más tarde, en enero de 1942, su madre le puso un crespón negro en la chaqueta y le anunció: «Papá ha muerto».

No le ofreció ninguna explicación. Aceptó la ocultación como si fuera, en sí, una advertencia. Para no apurar a su adorada madre, como un secreto regalo, escondió su curiosidad. El tiempo adoptó el ritmo del olvido.

Muy pocas imágenes conserva aún Fernando David de su padre durante sus tres primeros años de vida.

«Sólo me acuerdo de sus manos sobre mis piernas. Cuando enterraba mis pies en la arena de la playa de Melilla.»

No había cumplido aún cuatro años cuando cesó de verle definitivamente.

«El sol brillaba, el corazón y el diamante estallaban en infinitas gotas de agua.»

A los quince años descubrió una caja escondida en la alacena de su madre. Asombrado y estupefacto, leyó las cartas y los documentos que probaban que su padre no había muerto... que se había escapado tras pasar por varias prisiones... y que había desaparecido.

Sólo pudo leer una vez (¡y tan de prisa!) aquellos documentos. Pero el descubrimiento alzó, irracionalmente, la figura de su padre. Le imaginó como a un quijote. Como al chivo expiatorio de su tiempo. Como al modelo al que tenía que imitar.

«Cuando me preguntan qué es lo que más me influye, lo que más admiro... olvidándome del paisaje terrible y del castillo infinito, de los confines del universo y del sueño maldito, respondo que es un ser del que sólo alcanzo a recordar sus manos junto a mis pies.»

Le faltaban ¡tantos datos y precisiones! Se propuso elucidar el misterio que encerraba la vida de su padre. Y sobre todo el de su desaparición.

«Recorro España y el mundo buscando sus cartas, sus cuadros, sus dibujos. Cada una de sus obras despierta en mí universos de silencio y gritos que atraviesan cien mil caballos cubiertos de lágrimas.»

Gracias a un certificado escondido en la alacena de su madre supo que, al estallar en Melilla la guerra civil, su padre había sido detenido y condenado a muerte por «rebelión militar».

«A veces, cuando pienso en él, la naranja y el cielo, el eco y la música se visten de arpillera y púrpura.»

Sin datos concretos, sólo podía imaginar el calvario de su padre tras ser detenido y condenado.

«Sólo me acuerdo de sus manos en mis pies de niño enterrados en la arena de la playa de Melilla. Y, cuando le invoco, el silencio se llena de escaleras de hierro y de alas.»

En una carta leyó que, estando su padre en el terrible peñón del Hacho de Ceuta, había intentado suicidarse abriéndose las venas.

«Siento su sangre mojada resbalar por mi espalda desnuda.»

El día de su fuga, Burgos estaba cubierta por un metro de nieve. No tenía ningún documento de identidad y sólo iba vestido con un pijama.

«Pero viajo con él —en imaginación—, mi mano en la suya, por senderos y galaxias, acariciando fieras inexistentes, bebiendo en fuentes y hoyos en la arena de agua dulce.»

Imaginaba la vida de su padre como una de las más dolorosas que conocía.

«Como él, canto la emoción temblorosa, los espejos que flotan en el mar, y el delirio.»

En el álbum de fotografías familiar faltaba la suya o, bien, en las fotos de grupo alguien había recortado su imagen.

«Pero la calumnia, el silencio y el fuego no han apagado la voz de la sangre que cruza las montañas y me baña de luz y de linfa.»

Qué emoción sentiría si alguien le dijera: «He sido su compañero de celda o de estudios o de juegos, era de esta manera o de esta otra, le gustaba esto o aquello...».

Le imaginaba en el centro de un caleidoscopio iluminando sus penas y sus inspiraciones.

«Algunos quieren hacerme pagar el no haber renegado de mi padre. Qué diferentes a él son aquéllos en cuyo corazón sólo hay violencia.»

Por su parte procuraba tender una mano fraterna a todos aquellos, cualesquiera que fueren sus ideas, que no vinieron al mundo para vivir mejor o peor. Pero que dieron con palabras de justicia, ciencia, amor y belleza.

«Lo mismo hubiera dicho aquel hombre del que sólo recuerdo sus manos mientras enterraba mis pies en la arena de la playa de Melilla.»

ANTIGUO DIARIO
Y RECUERDOS DEL SANATORIO

En el sanatorio antituberculoso, Fernando David, adolescente, copió en un cuaderno algunos pasajes de su «Antiguo diario».

En el mismo cuaderno, también fue anotando sus «Recuerdos del sanatorio». Comenzó a redactarlos tras una visita a su madre. A quien nombra «ella» a lo largo de su escrito, pero a quien sigue queriendo apasionadamente.

Cuatro meses después detuvo abruptamente la redacción de estas rememoraciones.

Sin orden de continuidad recuerda en este cuaderno:

— sus tres primeros años de vida en Melilla,

— su infancia en Ciudad Rodrigo, desde los tres a los diez años, y por fin

— la época vivida en Madrid, a partir de sus diez años, antes de entrar en el sanatorio.

SANATORIO

Para curar la tuberculosis el médico quiere que tome *remifón* y *P.A.S.* Cuando la enfermera ha entrado, me he dado la vuelta y me he bajado el pantalón del pijama. Mientras me puso la inyección de *estreptomicina*, me pellizqué todo lo fuerte que pude. Luego la enfermera se marchó, y comencé a escribir en este cuaderno.

El médico me dio quince días de vacaciones y fui a verla (a ella). En Madrid. Me recibió en el comedor con las ventanas cerradas y las persianas verdes echadas. Ahora, desde mi habitación del sanatorio, escribo mis recuerdos.

El médico deja que fumemos los enfermos, por eso utilizo la pipa *Dr. Plumb*. Desde la ventana de mi habitación veo cómo llueve. También oigo el ruido del desagüe de un canalón. Espero que suene la campana para bajar a cenar y mientras tanto escribo.

El médico ha dicho que repose, yo por eso reposo. El médico ha dicho que ya puedo bajar a comer al comedor, yo por eso bajo. El médico ha dicho que tendré que quedarme dos años más en el sanatorio, yo, por eso, me quedaré dos años más aquí. El médico me permite escribir en la «cura de reposo» de la tarde, yo, por eso, escribo hoy que he comenzado este cuaderno.

MADRID

Las palomas se arremolinaban en torno nuestro. Detrás de mí (ella) me miraba arrodillarme y darles en la mano miga de pan.

Cuando una paloma se posaba en mi mano, me incorporaba dulcemente para no espantarla. Tanto se arremolinaban en torno nuestro, que temíamos aplastarlas al andar.

Y aquel día que le iba a presentar (a ella) en mi mano aquella paloma que no se espantaba, para que la viera y la acariciara, la sorprendí mirando para otro sitio. Entonces fue cuando la paloma se espantó.

MADRID

Sucedió hace seis meses. Y todo lo recuerdo como si fuera hoy.

La voz (de ella) resonaba en la oscuridad de la habitación. Yo, sentado en una silla, a su izquierda, la escuchaba.

«Como padre, y como marido, lo que tenía que hacer es cumplir, lo primero, con sus deberes paternales. Y su deber era ponerse al lado del orden, de la moderación. Pero él se puso al otro lado: al lado de la anarquía, al lado del desorden. ¡Cuántas veces le advertí! ¡Cuántas veces le repetí que tenía que dejar sus ideas! ¡Cuantísimas veces! Tú no lo sabes bien. Tú, entonces, eras un niño, tenías tres años.»

Dijo más fuerte que no tenía derecho a jugarse su porvenir y el de su hijo.

«No fui yo quien se jugó el porvenir de su hijo, sino él. Y no sería porque no se lo hubiera avisado. Ahí tienes la diferencia: yo siempre pendiente de tus deseos, dispuesta a toda clase de sacrificios, y él, sin preocuparse ni un momento de nosotros, se jugó el porvenir, no sólo el suyo, sino el de su hijo, por sus ideas. Todo destruido por él: la felicidad, la familia, la casa. Por eso, toda mi vida no ha sido más que una lucha desesperada

—¡no sabes tú bien, hijo mío, a costa de cuántos sacrificios!—, para reconstruir todo lo que él había destruido.»

Las cartas se alineaban formando cuatro filas. Tenía otro grupo en la mano y, además, otro montón, del revés, sobre la mesa.

«Si tu padre hubiera cumplido con su deber, hoy estaría al lado nuestro. Hoy sería un padre como Dios manda. Pero todo se lo jugó por sus ideas. Todo, absolutamente todo: su porvenir, el de su mujer y el de su hijo. ¡Cuántas veces le previne! Cuántas veces le hice ver, en Melilla, que no tenía que tratar con tanta complacencia a sus subordinados infectados de extremismo! ¡Cuántas veces le advertí que no debía tomar parte en manifestaciones escandalosas para un padre de familia, cuyo deber es respetar el orden! ¡Cuántas veces! ¡Cuantísimas veces! Tú no lo sabes bien, tú, entonces, eras un niño.»

Tras la ventana cerrada, estaba la persiana verde. A través de la ventana cerrada se veían los remiendos.

Dijo más fuerte que no tenía derecho a jugarse su porvenir y el de su hijo. La miré, pero ya no me miraba.

MADRID

Cuando di con la caja de cartón encerrada en la alacena, acababa de cumplir quince años. Pero en ella tampoco había fotos de papá. La caja de cartón estaba en el fondo del baúl de la alacena. Sólo había la pipa *Dr. Plumb* y un grupo de cartas y documentos. Como (ella) estaba en la oficina, no me vio entrar en la alacena, ni abrir el baúl con la llave del armario de la cocina.

La pipa *Dr. Plumb* es una pipa larga y con la cazuela bastante grande. Pienso que él, para usar una pipa tan grande, debería de ser alto. En el baúl, junto a la caja, había también una cartera vacía.

Me acuerdo de que un hombre enterró mis pies en la arena. Recuerdo sus manos junto a mis piernas y el sol de la playa de Melilla.

Cuando abrí el baúl, sentí el olor de las bolas de naftalina. Las mantas cubrían la parte alta. En el fondo había una caja de cartón y dentro de ella un montón de cartas y documentos y la pipa *Dr. Plumb*.

Como (ella) estaba en la oficina, yo cogí la pipa y la escondí entre mis cosas. Pienso que papá quizás debería de ser bajo y que para compensar se compró una pipa tan grande como la *Dr. Plumb* que tengo ahora en mis labios.

MELILLA, CIUDAD RODRIGO, MADRID

Como salí de Melilla cuando sólo tenía tres años, ya no me acuerdo de casi nada. Ha sido (ella) la que me ha contado la mayoría de las cosas. Lo que me ha contado de Melilla me lo ha repetido varias veces. Yo me acuerdo de otras cosas que no me contó.

Como de Ciudad Rodrigo salí a los diez años, me acuerdo de muchas cosas. Como mientras vivíamos en Ciudad Rodrigo (ella) trabajaba en la capital, yo le conté muchas veces algunas cosas que habían pasado y que no había visto.

Luego vivimos juntos en Madrid hasta que vine aquí, al sanatorio. Como abuela y abuelo se murieron al poco de llegar a Madrid, vivíamos solos (ella) y yo.

Cuando me dieron los quince días de vacaciones aquí en el sanatorio, fui a verla. Me recibió con la ventana cerrada y las persianas echadas. Cuando me marché, me besó en la puerta, a oscuras, para no gastar tanta electricidad.

CIUDAD RODRIGO

Bajábamos a la muralla de Ciudad Rodrigo y saltábamos por las troneras uno detrás de otro. Las troneras de junto al castillo eran estrechas y por eso las saltábamos todas seguidas. Las troneras que estaban a la espalda de la iglesia, como eran más anchas, no las podíamos saltar. Luego, por la pared del pasadizo bajábamos al foso.

Desde lo alto de la muralla veíamos la primera parte del encierro y también los coches de los franceses que en caravana huían hacia Portugal. Desde el foso se veía arriba el cielo y los cuervos revoloteando alrededor del castillo.

En el foso jugábamos a los toros y al látigo. Al látigo jugábamos con una taba. Al que le salía alto, era el rey; al que le salía bajo, era el verdugo; al que le salía espalda, pasaba, y al que le salía hueco, recibía tantos latigazos del verdugo como ordenaba el rey.

Como abuela me tenía prohibido bajar al foso y saltar por las troneras, procuraba no hacerlo. Como los amigos del colegio me llamaban miedica si no les acompañaba, procuraba seguirles.

MADRID

Me dijo (ella):

«Sólo he querido sacrificarme por ti siempre. Si algunas veces no he sabido obrar todo lo bien que fuera necesario, no lo achaques a la mala fe, sino...»

Breve pausa. Suspiro.

«No soy nada más que una pobre mujer sin cultura y sin formación que ha hecho todo lo que ha podido por ti. Siempre he estado pendiente de tus más mínimos caprichos para satisfacerlos. ¿Qué otra madre sabes tú que haya hecho una cosa parecida?»

En la primera fila estaban colocados el rey de copas, el caballo de bastos, la sota de oros, el siete de copas, el seis de espadas y el cinco de copas.

«Dame el nombre de una sola.»

Como la ventana estaba cerrada, los vecinos no oían lo que decía. Detrás de la ventana estaba la persiana verde con una cuerda en el centro, que la hacía levantar, enrollándola, al tirar de ella.

«¿Cuándo me has visto a mí divertirme, como el resto de las mujeres, o comprarme un capricho que me gustara o ir al cine o al teatro? Y bien sabes lo que me encanta ir a los estrenos y, sin embargo, ¿cuándo me has visto gastarme cinco céntimos en ir a uno solo?»

En la segunda fila estaban colocados la sota de espadas, el siete de oros, el seis de bastos, el cinco de espadas y el cuatro de oros.

«Nunca me he gastado nada en mí. Jamás. Y, sin embargo, cuántas mujeres de mi edad se divierten, van de un lado para otro, se gastan el dinero en trajes, en joyas, en perfumes... Tú no conoces nada de la vida, tú no sabes la vida que lleva la gente. Pero yo no he hecho nada de esto, y no porque no me gustara, sino porque he preferido sacrificarme totalmente por ti. Siempre me ha parecido todo poco para ti. Sólo he pensado, día y noche, en qué sería aquello que te pudiera agradar para hacerlo. Y si en ocasiones no he obrado como debiera, te repito que lo achaques tan sólo a mi falta de cultura e inteligencia. Yo no he sido nada más que una pobre mujer que se quedó en seguida sin marido y que, sin nadie que la aconsejara, ha tenido delante de ella una situación dificilísima de la que sólo ha salido adelante gracias a su trabajo.»

Como las persianas estaban echadas, los vecinos no la vieron mientras me hablaba.

MELILLA

Un hombre enterró mis pies en la arena. Era en la playa de Melilla. Recuerdo sus manos junto a mis piernas y la arena de la playa. Aquel día hacía sol, lo recuerdo.

En un sobre guardaba (ella) un montón de fotografías que he mirado algunas veces. Algunas de las fotos amarillentas y no muy claras. Pienso que será un procedimiento antiguo de fotografía. Muchas de las fotos tienen una firma ilegible. Ahora ya sé de quién es. De papá. A menudo, debajo de ella hay una fecha, en ocasiones, una frase explicativa. En algunas de las fotografías estamos (ella) y yo: (ella) me tiene en sus brazos, me lleva de la mano, me ayuda a comer. Otras están cortadas por la mitad o les falta un pedazo.

Me ha contado que iba detrás (de ella) agarrado al cabo de su falda. También me ha contado que, sin saber apenas hablar, un día me meé en medio de la sala y arrastrándola la llevé allí y le dije «guau-guau». Estas cosas me las ha repetido muchas veces. Yo no me acuerdo de ninguna de ellas. Me acuerdo de otras: me acuerdo de que un vendedor fue una mañana a casa con huevos y que ella los iba metiendo uno a uno en un cubo lleno de agua; me acuerdo de que un día atravesé (con ella) por la noche la escala que conducía a un barco; y también me acuerdo de las manos del hombre y de mis pies enterrados en la arena y del sol de la playa de Melilla.

Tengo en mis labios la pipa *Dr. Plumb*. Fumo tabaco barato y que me gusta. Como estaba un poco seco, ayer metí en la petaca unas cortezas de naranja. Hoy noto que el tabaco está fresco cuando meto los dedos en él. Como la pipa está bastante quemada, desprende un aroma que me agrada. No me trago el humo; no he aprendido a tragármelo. Lo he intentado alguna vez con cigarrillos, pero no lo he logrado. La pipa es la de *Dr. Plumb* de papá. Es posible que con ella sobre la mesa intentara suicidarse en el penal.

MADRID

Me lo explicó (ella) muy bien y yo le dije: «Sí, mamá». Entonces me besó.

Cuando me regaló la fotografía suya que yo quería llevar en mi cartera, debajo del plástico, me puso una dedicatoria: «A mi querido hijo, aviadorcito en ciernes».

Me lo explicó todo muy bien (ella) y yo le dije: «Sí, mamá».

Me dijo (ella) que el uniforme es muy bonito, y que las chicas se enamoran siempre de los cadetes, y que sería el honor de la familia. Yo, le dije: «Sí, mamá». Y me besó.

Me dijo que era su sueño y que estaría muy orgullosa yendo a mi lado. Yo entonces le dije: «Sí, mamá».

Días más tarde le dije que no. Me dijo que me echaría de casa y me llamó cobarde. Luego le dije: «Sí, mamá». Y me besó.

MADRID

Comimos en torno a la mesa camilla. Estaba (ella) enfrente de mí. Detrás había dos fotos pequeñas de abuelo y abuela.

Comía (ella) sentada en el sillón de orejas y, así, entre plato y plato, se recostaba sobre la espalda. A su derecha estaba la radio y sobre ella la estatua del Corazón de Jesús con un mantelito debajo del pedestal. Desde su sillón de orejas, podía (ella) buscar la emisora que le gustaba.

Se incorporaba para comer y cuando se reía se le formaban dos hoyitos en las mejillas. La radio estaba colocada sobre la antigua mesilla de noche de la abuela. En el cajón, donde abuela guardaba sus medallas, sus devocionarios, sus pastillas, (ella) tenía una baraja, una gran agenda y papeles. En la parte inferior de la mesilla, donde abuela ponía su orinal, (ella) guardaba la guía de teléfonos.

Me cortaba (ella) el pan y yo echaba el agua en su vaso. Yo sólo quería hablarle.

SANATORIO

Cuando termino de fumar vacío en el cenicero la ceniza de la pipa. Luego, la acerco a mi nariz y huelo la cazuela. La huelo largo rato.

Al lado del cenicero, tengo una caja grande de cerillas como la que tenía (ella) en la cocina. Al lado también está la bolsa de plástico que contiene el tabaco.

La pipa es la *Dr. Plumb*.

Una vez por semana lavo la pipa en el lavabo. Me han dicho que no lo haga. No lavo la cazuela sino el filtro. Las manos se me manchan de nicotina. Me han dicho que no lo haga.

La cazuela de la pipa ahora está muy quemada. Se ha formado en el interior una capa de costra. Por eso, ahora cabe, cada vez, menos tabaco.

La pipa es la *Dr. Plumb.*

Por la noche, dejo la pipa sobre el cenicero junto a las cerillas y la bolsa de plástico. Por la mañana, cuando me despierto, nunca fumo. Comienzo a fumar después de desayunar. Siempre fumo tabaco barato.

La cazuela se va llenando de costra. Tanta se forma, que llega un momento en que casi no cabe tabaco. Por eso raspo el interior hasta quitarle toda la capa. Entonces, cuando vuelvo a fumar, ya no es lo mismo.

La pipa es la *Dr. Plumb* de papá.

MADRID

En Madrid no matábamos el cochino todos los años como en Ciudad Rodrigo. En Madrid no había bellotas para cebarlo.

En Madrid no había murallas, como en Ciudad Rodrigo. En Madrid no quedaba sitio para poner las murallas.

En Madrid no había castillo, como en Ciudad Rodrigo. En Madrid no había cuervos para meterlos en castillos.

En el sanatorio no hay cerdos, ni murallas, ni castillo. Aquí, como es la montaña, no hay ni cerdos, ni murallas, ni castillo.

En Madrid no había amapolas en los campos como en Ciudad Rodrigo. En Madrid se olvidaron de llevar amapolas a las floristerías.

En Madrid no había foso, como en Ciudad Rodrigo, para que los hombres fueran a mear. En Madrid, los hombres sólo mean en sus casas.

En Madrid los asnos no andan sueltos por la calle, como en Ciudad Rodrigo. En Madrid sólo hay un asno que da vueltas en la plaza de Oriente para pasear a los niños.

Aquí todavía no he visto ni amapolas, ni asnos, ni fosos. Aquí, de vez en cuando, meamos en un gran vaso que la enfermera se lleva para hacer un análisis.

MADRID

La última vez que fui a verla, estaba sola en la casa. Tenía las persianas del cuarto bajadas. Apenas había luz en la habitación. A tientas me senté. Me dijo: «Espera que cierre las ventanas, no quiero que los vecinos nos oigan».

Poco tiempo después, distinguí que estaba sentada en la butaca. Una tabla ancha que iba de oreja a oreja le servía de mesa. Aunque estaba sentada contra el respaldo de la butaca, la tabla rozaba su pecho.

Me habló durante una hora. Como las ventanas estaban cerradas, los vecinos no oyeron lo que me dijo. Como las persianas estaban echadas, los vecinos no vieron cómo lloraba y cómo de vez en cuando intentaba besarme y abrazarme.

Luego distinguí lo que tenía sobre la tabla de madera que le servía de mesa. Sobre la mesa tenía las cartas. Jugaba un solitario. Abuela decía que su padre, al final de su vida, jugaba solitarios y que para ganar se hacía trampas.

Mientras me hablaba distinguí que tenía los cabellos blancos. Pensé que era porque no se los pintaba. Antes, cuando se los pintaba en el lavabo, yo le ayudaba a llevarle lo que necesitaba.

Cuando quise marcharme, no abrió la luz del pasillo para no gastar tanto contador. Y yo, a oscuras, la besé junto a la puerta y me abrazó.

CIUDAD RODRIGO

El niño estaba en el centro sobre un montón de pajitas recortadas con tijeras. El niño, como era muy pobre, sólo tenía un calzoncillo para taparse sus cosas, pero, como era Dios, tenía una corona de hojalata dorada.

El lago estaba dentro de la tapadera de una caja redonda de pastillas. Encima del agua del lago, había un pato de corcho que, como le pesaba la cabeza, en cuanto me descuidaba se ponía patas arriba. En el fondo del lago, había un pez pintado de rojo.

Como el niño tenía frío y no había calefacción, detrás de él había colocado un burro y una vaca que le calentaban con su aliento. El burro estaba a su derecha y la vaca a su izquierda.

Del cielo caía, colgada de un hilo, una estrella con lentejuelas para señalar a los Reyes Magos dónde estaba el niño. Para que pudieran llegar con facilidad, había un camino de polvo de arena amarilla en medio del campo verde de musgo.

Como era de noche, el cielo de papel azul oscuro estaba salpicado de estrellitas de papel de plata. Para que se supiera de qué se trataba, en el borde y con letra caligrafiada, puse: «Este es el portal de Belén en que nació el niño Jesús el día 24 de diciembre», en una tira de papel.

Por la noche, después de rezar el rosario, abuela dirigió unos villancicos y yo me senté sobre las rodillas (de ella).

SANATORIO

Cuando me subo en la roca del parque en el sanatorio, durante las horas de recreo, me quedo de pie y miro hacia el horizonte. Luego, cuando vuelvo a mi cuarto, me meto en la cama y espero. Cuando llueve —hoy también llueve— oigo el desagüe del canalón, desde mi cuarto.

Antes no tenía derecho a ir al parque, por eso no podía subir a la roca y mirar al horizonte. Ahora, en el tiempo de recreo, bajo al parque y doy un paseo hasta llegar a la roca.

Antes no me dejaban fumar, pero ahora ya me dejan; por eso fumo la pipa *Dr. Plumb*. Después de cenar, doy una vuelta por el parque y luego me meto en la cama.

Antes comía en la cama, pero ahora ya como en el comedor. Después de comer, doy un paseo por el parque hasta llegar a la roca. Me subo sobre ella y miro hacia el horizonte.

Cuando vuelvo a mi cuarto, me meto en la cama y escribo mis recuerdos.

CIUDAD RODRIGO

Pensé que podía comenzar diciendo: «Mi mamá es una flor» o bien: «Mi mamá es una rosa». Abuelo me dijo que estaba bien. Yo le pregunté que qué era mejor, con rosa o con flor. Abuelo me dijo que con flor.

Pensé que podía comenzar diciendo: «Mi mamá es la más bonita flor». Abuelo me dijo que no tocara más el primer verso y que buscara el segundo. Yo me puse a pensar en el segundo verso.

Pensé que podría decir: «Mi mamá es la más bonita flor / por eso la quiero más que a mi tambor». Lo leí fuerte y vi que pegaba. Abuelo me dijo que era demasiado prosaico.

«Mi mamá es la más bonita flor / por eso la quiero con todo mi amor», «Mi mamá es la más bonita flor / que Dios la guarde con todo candor», «Mi mamá es la más bonita flor / desde España al Ecuador». Abuelo eligió: «Mi mamá es la más bonita flor / que Dios la guarde con candor».

Cuando (ella) llegó a Ciudad Rodrigo, leyó mi poema en el comedor. Me entró mucho calor en la cara. Luego me besó. Me lo aprendí de memoria. No lo he olvidado:

«Mi mamá es la más bonita flor,
que Dios la guarde con candor.
Yo la quiero de más en más
y no la olvidaré jamás.»

Y (ella) ¿lo ha olvidado?

CIUDAD RODRIGO

El castillo de Ciudad Rodrigo está situado junto a la puerta grande de la muralla. Los cuervos se refugiaban en él. Y cuando mis amigos echaban un petardo dentro, todos revoloteaban en el interior y luego salían. Yo nunca entré solo en el castillo.

Me dijo (ella) que el castillo de Ciudad Rodrigo fue construido por el rey Enrique II de Trastámara en 1372 para defenderse. Todo el interior estaba vacío y sólo tenía una plataforma en medio y unas escaleras para subir a la terraza.

El castillo de Ciudad Rodrigo era más alto que la más alta de las casas del pueblo. El castillo de Ciudad Rodrigo estaba dividido en dos partes, como si un gigantesco dado hueco, de piedra, estuviera sobre otro mayor.

Incluso cuando hacía sol, el interior del castillo de Ciudad Rodrigo estaba oscuro. Cuando entrábamos con los amigos, se oía el grajeo de los cuervos en las paredes. Yo nunca entré solo en el castillo.

Abuela decía que para quitarme el miedo me dejaría una noche entera dentro del castillo.

MADRID

Su sillón, que antes estaba forrado con tela de flores, ahora era de color verde oscuro. Cuando mi vista se acostumbró a la oscuridad, me di cuenta.

«Toda la vida sacrificándome por ti, toda la santa vida. Naturalmente, bien sabía que un día no sólo no me lo agradecerías, sino que encima me reclamarías más. Pero no me importa, hijo mío: si lo que siempre has deseado es hacerme sufrir, hazme sufrir. No soy nada más que una madre deseosa de que su hijo consiga todas las satisfacciones. Todas, absolutamente todas, aunque para ello tengas que destrozar mi pobre corazón de madre.»

La estatua del Sagrado Corazón de Jesús seguía plantada sobre la radio; debajo del pedestal había el mismo mantelito de siempre. Ella había añadido, sin embargo, un par de floreritos con flores de trapo: el uno a la derecha y el otro a la izquierda del pedestal.

«No he podido hacer más de lo que he hecho. Bien lo sabe Dios. He intentado ser buena con todo el mundo, absolutamente con todo el mundo y, especialmente, contigo, que eres por quien he vivido. Mi ideal siempre ha sido portarme como Dios manda y creo que lo he logrado. No voy a decirte, hijo mío de mi alma, que nunca he cometido errores, pero sí quiero que sepas que cuando los he cometido ha sido por descuido y que, una vez que me he dado cuenta de ello, he rectificado inmediatamente.»

Ahora ya no tenía el teléfono pegado a la pared. Ahora tenía un teléfono de mesa con un largo cordón. Así, cuando sonaba, sin incorporarse, desde el mismo sillón, cogía el auricular y escuchaba.

«Ya dice el Evangelio que hasta el más santo de los hombres peca siete veces al día. ¿Qué no voy a pecar yo, pobre de mí? Yo no tengo la ambición de ser santa, yo no puedo llegar tan alto, yo soy una pobre mujer educada en un pequeño pueblo de Castilla. Yo no puedo ser santa. Pero, sin embargo, he procurado no cometer ninguna falta, nunca.»

La radio seguía estando a su derecha sobre la mesilla de abuela. Sólo tenía que estirar la mano, sin moverse del sillón, para cambiar de programa.

SANATORIO

Fumo la pipa *Dr. Plumb*.
Quizás él fumaba tabaco negro como yo.
Quizás él no se tragaba el humo como yo.

Quizás él echaba en la petaca cortezas de naranja como yo.

Yo fumo la pipa *Dr. Plumb.*

(Ella) no fumaba nunca. Abuela tampoco fumaba. Abuelo, como era hombre, fumó cigarrillos hasta que se murió. Abuelo se los hacía él mismo mientras nosotros rezábamos el rosario. Cuando había corridas de toros, abuelo fumaba un puro. Pero abuelo nunca fumó en pipa.

Yo fumo la pipa *Dr. Plumb.*

Quizás él sabía hacer aros de humo como yo.

Quizás él utilizaba cerillas y no un mechero como yo.

Quizás él sabía echar el humo por la nariz como yo.

Yo fumo la pipa *Dr. Plumb.*

Yo fumo la pipa *Dr. Plumb* de papá. Yo fumo siempre la pipa *Dr. Plumb* de papá.

MADRID

Me decía (ella) que mirara mi silueta en el espejo para asegurarme de que iba bien derecho. Se sentaba en una silla y esperaba a que yo entrara. Cuando entraba, me miraba en el espejo, avanzaba (hacia ella) y, por fin, le besaba la mano.

Me decía que no hiciera ruido al besarle la mano y entonces salía de la habitación. Me esperaba sentada sobre la silla. Al entrar, me miraba en el espejo, avanzaba (hacia ella) y, por fin, le besaba la mano.

Me decía que cogiera tan sólo la punta de los dedos, y entonces salía de la habitación. Entraba y me dirigía (a ella), que estaba sentada en una silla, tras haberme mirado en el espejo. Luego le besaba la mano sin hacer ruido y cogiéndole tan sólo la punta de los dedos.

Me decía que no le levantara la mano, sino que me inclinara hasta ella. Salía de la habitación y a los pocos instantes, entraba y, tras mirarme en el espejo, me colocaba (frente a ella) y le besaba la mano sin hacer ruido, inclinándome y cogiendo tan sólo la punta de sus dedos.

Entonces, me decía: «Bien».

Pero cuando llegaban las señoras a visitarla, yo no les besaba la mano y (ella) me castigaba, y yo le decía que me daba mucha vergüenza.

CIUDAD RODRIGO

Aquí, los niños no juegan a los toros. Aquí, los niños juegan a esquiar.

Cuando el músico, con un cucurucho de papel, tocaba la trompeta, los toreros salíamos de un banco de la plaza del Buen Alcalde de Ciudad Rodrigo. Al compás de la música íbamos hasta el banco en el que estaba el presidente. Hacíamos una reverencia y nos poníamos detrás del círculo de arena que limitaba la plaza. El presidente arrojaba la llave al caballista, y el caballista, con la llave en la mano, daba una vuelta a la plaza. Luego, abría la puerta del toril y salía el toro.

Abuela me había hecho una capa roja. Abuelo me había dado un palo que me servía de muleta.

El toro sólo podía matar toreros cuando estaban dentro del círculo de arena que limitaba la plaza. El toro sólo podía embestir en línea recta y en dirección a la capa.

Aquí, los niños no juegan a los toros ni dicen «¡torero!». Aquí juegan al fútbol.

Lo más difícil era poner las banderillas, porque, entonces, el toro embestía hacia el cuerpo. Poniendo banderillas, a mí me mató, varias veces, el toro; por eso, a la vez siguiente, tuve que hacer yo de toro.

Algunos toros hacían trampas: ni embestían en línea recta, ni se tiraban hacia la capa, sino hacia el cuerpo. Abuelo me enseñó a dar chicuelinas, molinetes y verónicas. Casi siempre, cuando daba una chicuelina o un molinete o una verónica, el toro me mataba. Pero cuando (ella) venía a casa, en el pasillo, daba chicuelinas, molinetes y verónicas y (ella) me decía que lo hacía bien y, a veces, incluso muy bien.

MADRID

«Espíritu militar nulo», habían escrito en mi cuaderno de notas. Me pegó (ella) con el metro de madera. Yo me encerré en el retrete. Lloré, solo, en el retrete. Me miré en el espejo y lloré.

Me dijo (ella) que debía hacer un esfuerzo. Me preguntó si lo haría y yo le dije que sí. Me dijo que debía darle el gusto de aprobar el examen de ingreso en la Academia para poder pasearse conmigo vestido de oficial del Ejército del Aire Español y yo le dije que le daría ese gusto. Me dijo que tendría un porvenir brillante como militar, y yo le dije «sí».

«El alumno no muestra ningún interés por la milicia», «Espíritu militar nulo», «Espíritu militar nulo», «Espíritu militar nulo», «El alumno no muestra interés alguno por los estudios», «Espíritu militar nulo», «Espíritu militar nulo», «El alumno no muestra ningún interés por mejorar», «Espíritu militar nulo».

Cada quince días, los profesores escribían sus comentarios; por eso, (ella) me pegaba con el metro de madera; por eso, yo me encerraba en el retrete, y por eso, luego, me salían cardenales en los brazos y en la espalda que yo miraba en el espejo.

Cuando, después, me preguntaba si iba a sacar buenas notas, aunque sólo fuera por darle gusto, yo le decía «sí».

CIUDAD RODRIGO

Cuando dejamos Ciudad Rodrigo para trasladarnos a Madrid en tren, traje mi teatro de cartón en la mano y así no se estropeó.

Al principio, ponía muchos personajes. Luego, hacía las funciones con pocos, y así, podía moverlos sin que se tropezaran.

Lo construí en Ciudad Rodrigo con una caja de cartón. El interior lo iluminaban dos velas disimuladas.

Al principio, ponía muchos decorados pintados en cada pieza. Luego, sólo ponía uno y así no tenía (ella) que esperar a que los cambiara.

Como a abuelo y a abuela les aburría leer mis textos, yo hacía todos los papeles cambiando de voz.

Al principio, los personajes entraban y salían muchas veces. Luego, los personajes no entraban ni salían casi, así (ella) seguía mejor lo que decían.

En Madrid, sustituí las dos velitas por dos bombillas de linterna.

Al principio, los personajes hacían cosas importantes. Luego, hacían las mismas cosas que nosotros y así (ella) me hacía más comentarios.

En Madrid, lo coloqué en mi cuarto. De vez en cuando daba una representación (para ella).

Al principio, dividía cada pieza en varios actos. Luego las hice de un solo acto, y así (ella) no se distraía.

Cada personaje estaba colocado sobre una varilla de madera y así podía moverlos desde fuera.

Al principio, mi teatro era de cartón. Luego en Madrid, hice uno de madera que (a ella) le gustó más.

Ni los vecinos, ni los amigos, ni abuelo, ni abuela, asistían a las representaciones. Sólo asistía (ella). Ahora, como no está aquí, en el sanatorio, yo las hago para mí solo.

MADRID

Las cartas estaban agrupadas de forma ordenada sobre la tabla. Mientras me hablaba, tenía en la mano un grupo de ellas:

«Hice cuanto estuvo en mi mano por todos y especialmente por papá y por ti. Tengo la conciencia bien tranquila. Nadie podrá decirme nada, absolutamente nada. Ya sabes que todo el mundo piensa que soy una pobre mujer viuda que ha sacado adelante a su hijo a costa de mil esfuerzos. Todo el mundo lo sabe. Por eso todos me elogian. ¿Qué madre hubiera hecho algo parecido?»

Cuando hacía una pausa, se le formaba un mohín en la boca, como si fuera a llorar o como si fuera a gritar.

«Apréndelo de una vez: otra madre te hubiera puesto a trabajar desde niño: de botones en un banco; pero yo no lo hice, yo preferí sacrificarme.»

En otras ocasiones, lo que decía es que me habría buscado un puesto de albañil o de panadero. Otras veces, lo que decía es que cualquier otra madre me hubiera metido en la inclusa. Hubo, también, otras temporadas, en las que lo que decía era que cualquier otra madre me hubiera abandonado en cualquier rincón.

«Y yo no lo hice porque sólo pienso en tu felicidad y no en la mía. Nada más cómodo para mí que gastarme todo el dinero en divertirme. Y te aseguro, hijo mío, que no me hubieran faltado ocasiones. Tú aún no conoces nada de la vida. Tú eres un niño sin experiencia que todo, absolutamente todo, se lo debes a tu pobre madre mártir.»

El aparador estaba junto al pasillo. Tras el cristal vi, cuando me acostumbré a la oscuridad, los mismos platos y los mismos vasos que tuvo siempre. Sobre él había un florero con flores de trapo viejas y sucias.

«Papá y tú habéis sido mis únicas preocupaciones. Sólo he vivido por él y por ti. Mientras viví con él, no pude quererlo más. Cuando, jugándose su porvenir y el de su hijo, te dejó abandonado para seguir sus ideas, yo te recogí y te eduqué de la mejor manera. Bien puedes afirmar que no has sentido su ausencia. Yo te he dado todo lo que él te debería haber dado si se hubiera portado como un padre amante de su hijo.»

Cuando la interrumpí, dejó el grupo de cartas que tenía en la mano y se aproximó hacia mí. Yo me encogí, y contuve la respiración.

CIUDAD RODRIGO

Cuando ya no quedaban amapolas, no podía recogerlas en los campos. No podía recogerlas y formar con ellas un ramillete.

Cuando ya no había más amapolas en el campo de Ciudad Rodrigo, no podía reunir unas cuantas en un ramillete. Un ramillete de amapolas al que unía un poco de verde porque hacía más bonito.

Pero en invierno ya no había amapolas en los campos de Ciudad Rodrigo. Ya no había amapolas rojas sobre los campos amarillos de trigo o sobre las praderas verdes de hierba.

En verano, sí que podía hacer un ramillete con sólo amapolas rojas y un poco de verde. En verano, sí que podía, y en primavera.

Tenía que recogerlas y salir corriendo para poder dárselas en seguida, porque si no, se marchitaban. Las cogía con el rabo muy largo y así tardaban un poco más en marchitarse.

En Madrid, en los jardines, ya no volví a encontrar, ni siquiera en pleno verano, amapolas rojas para poder hacerle un ramillete con un poco de verde.

SANATORIO

Veo cómo llueve sobre los cristales de mi habitación. Las gotas de lluvia resbalan, transparentes. El cielo, gris, está cerca y borroso.

Fumo la pipa *Dr. Plumb* que estaba escondida con otras cosas de papá, en el baúl de la alacena.

Llueve y se oye el desagüe de un canalón. Esta mañana ha comenzado a llover temprano. Son las tres de la tarde y sigue lloviendo.

Tengo en mis labios la pipa «Dr. Plumb» que le robé (a ella) del fondo del baúl que está en la alacena.

CIUDAD RODRIGO

Ninguna de ellas, ninguna, ni la mamá de los Pepitos, ni la mujer del sacristán, ni doña Carmen, ni la mujer del médico, ni las monjas del colegio, ni las amigas de Clara —Mercedes, Lucía, Rosita, Isabel—, ni las señoras de las conferencias de San Vicente de Paúl, ni la señora de Rodríguez, ni abuela, ni las mamás de las amigas de Elisa —la mamá de Carmencita, la mamá de Lolita, la mamá de Nieves, la mamá de Pilar—, ni las vecinas de Ciudad Rodrigo, ni las vecinas de Madrid, ni la ahijada de abuelo, ni doña Consuelo, ni Asunción la criada de Ciudad Rodrigo, ni Mari Carmen la asistenta de Madrid, ni Mari Carmen la costurera, ni la mujer del puesto de pipas, ni la mujer de Truman, ni doña Rita, ni las enfermeras del sanatorio, ni doña Esperanza, ni doña Asunción, ni Greta Garbo —ni ninguna otra de las actrices—, ni la churrera, ni la mujer del presidente de Acción Católica, ni la señora de López, ni la señora de Sánchez, ni la mujer que vendía periódicos, ni Clara, ni Elisa, ninguna, ninguna era como (ella).

Ninguna era como (ella). Ninguna. Me fijé muy bien, pero ninguna era como (ella). Ninguna tenía la lengua húmeda, ni las rodillas blancas, ni sabía dar besos como (ella). Ninguna.

CIUDAD RODRIGO

La máquina del tren tenía un letrero que no se podía leer a simple vista. Era un letrero pintado de negro, como el resto de la máquina. Sin embargo, poniendo la máquina del tren a contraluz, pude leer lo que decía. Cuando el sol se fue comiendo la pintura.

Los Reyes Magos me regalaron una casa y una máquina de tren. La casa tenía una cocina con sus grifitos, con sus armarios llenos de latas de conservas minúsculas, de sartencitas y pucheritos. En las ventanas había tiestos con sus florecitas. En la terraza estaban las letras recubiertas de pintura. Sólo se podían leer mirándolas a contraluz. Cuando el sol se fue comiendo la pintura.

Mi máquina de tren de madera era la reproducción auténtica de una locomotora de verdad. Los Reyes Magos me la dejaron en mis zapatos.

Sobre la máquina del tren y sobre la casa, pude distinguir meses después, cuando el sol se comió la pintura, el mismo letrero: «Recuerda a tu papá».

Se lo dije (a ella) y me retiró la locomotora y la casa. Entonces comprendí que las había construido papá. Pero para no enfadarle (a ella), no le dije nada.

MADRID

Los vecinos ni nos oían ni nos veían. Incluso si la ventana hubiera estado abierta y las persianas levantadas, tampoco nos hubieran ni oído ni visto. Cuando llegué a casa, las luces de la escalera ya estaban encendidas.

En ocasiones se paraba para llorar; luego me decía: «Bueno, tengo que sobreponerme» y comenzaba de nuevo a hablar con el tono entrecortado.

En la oscuridad, al principio, sólo distinguía los bultos de los muebles y algunas cosas que brillaban un poco, como el teléfono y el cristal de la fotografía que estaba en la pared.

Aunque tenía ganas de fumar, no saqué la pipa y por eso no vio que la llevaba en el bolsillo. Sentado sobre una silla a su izquierda, la escuchaba. A su derecha tenía la radio y sobre ella la imagen del Sagrado Corazón de Jesús, con dos floreritos.

En ocasiones, terminaba una frase suspirando. Otras veces, comenzaba otra frase suspirando. Incluso, a veces, en mitad de una frase, suspiraba.

Como estábamos en verano, de la mesa camilla no colgaban las faldillas. Cuando me acostumbré a la oscuridad, me di cuenta de que las sillas, la butaca y el mantel de la mesa hacían juego, en verde oscuro.

Los vecinos no pudieron oír ni ver nada porque las persianas estaban echadas y la ventana cerrada.

MADRID

Se peinaba sentada frente al espejo y sus cabellos —eran largos y ondulados— caían sobre el peinador. Por la mañana iba descalza y correteaba de un lado para otro. En Madrid, los hombres la miraban, lo recuerdo, y también recuerdo —¿lo recuerda (ella)?— que tuve que intervenir varias veces.

Aquel día que me llevaba de la mano por la calle y que aquel hombre se puso a su lado para piropearla, recuerdo que le di un empujón y le insulté. Cuando en Madrid me llevaba a jugar al campo y se sentaba en el suelo, junto a un pino, recuerdo que yo cubría sus piernas con mi jersey para que los hombres no la miraran.

Correteaba por la casa, descalza. Cuando volvía de la oficina cansada, se desabrochaba la falda delante de mí y entonces yo me iba de la habitación.

Por la noche, se daba pomadas pringosas en la cara, por eso me iba a la cama sin besarla. Por la mañana, oía cómo correteaba descalza por la casa, preparando las cosas. Luego entraba en mi habitación y entonces sí la podía besar, porque entonces no tenía la cara pringosa.

MADRID

Abuelo agonizó bajo el manto de la Virgen del Pilar.

Me dijo (ella) que entrara a verle. Abuelo, medio amodorrado, me llamó por mi nombre. Como (ella) me dijo que le besara, yo lo besé, y le dije: «Abuelito».

Como hacía algunos días que no lo afeitaban, su barba me picó. Sobre la cama tenía el manto de la Virgen del Pilar, debajo del cual habían muerto tía Micaela y otras amigas de la abuela.

(Ella) me dijo que saliera del cuarto y yo salí. Entonces oí cómo una vecina, que se había quedado en el cuarto de abuelo, rezaba. Rezaba la recomendación del alma.

Aquella noche, desde mi cama oí la oración, que luego repitió varias veces, hasta que me dormí. Comenzaba así: «Recomendación del alma, rece conmigo —breve pausa—. Si no puede hablar, no se preocupe, rece mentalmente, Dios se hará cargo —breve pausa—. Ahora que voy a morir, Señor mío, acepto complacido los dolores y sufrimientos de mi agonía, a fin de ser merecedor del perdón de todos mis pecados...».

No recuerdo cómo continuaba la oración.

Después de cenar, desde aquel día, rezamos el rosario en el cuarto de abuelo. Mientras rezábamos, abuelo se tiraba pedos debajo del manto de la Virgen del Pilar y yo agachaba la cabeza para que no se dieran cuenta de que me reía.

Abuela, la vecina y (ella) se relevaban a la cabecera de la cama de abuelo para rezarle la recomendación del alma. Por las mañanas, se hacía una pequeña pausa para que le besara. Abuelo, medio amodorrado, me besaba y me llamaba por mi nombre. Yo le besaba y le llamaba: «Abuelito».

Abuela me decía que saliera en seguida de la habitación porque no debía fatigarle. Cuando salía del cuarto oía el rezo.

Como abuelo murió el 15 de noviembre bajo el manto de la Virgen del Pilar, aquella noche, cuando rezamos el rosario en torno al cadáver, ya no se tiró más pedos.

MADRID

Cada año ingresaban en la Academia los cadetes del Ejército del Aire Español. Unos elegían volar; otros, el cuerpo auxiliar de tropas de Aviación, y una minoría, la Intendencia.

Aunque (ella) me llamó mariquita, le dije que prefería la Intendencia.

Tras cuatro años de estudios en la Academia Militar, los cadetes se convertían en tenientes pilotos, en tenientes del Arma de Tropas de Aviación, o en tenientes de Intendencia.

A pesar de que (ella) me llamó mariquita, me dejó, al fin, que eligiera Intendencia.

Luego, cuando le preguntaban para qué estudiaba yo, respondía que para oficial del Ejército del Aire Español.

—¿Va a a ser piloto?

—Va a ser oficial del Ejército del Aire Español.

—¿De los que vuelan?

—Va a ser oficial del Ejército del Aire Español.

Pero aquel día cuando la vecina le preguntó:

—¿Será de Intendencia?

Se calló, y luego dijo de forma casi inaudible:

—Sí.

CIUDAD RODRIGO

Le pregunté a la madre Mercedes que cómo es que dos y dos son cuatro, y ella me lo explicó. Se lo volví a preguntar y ella me lo volvió a explicar. Luego se lo fui a preguntar otra vez, pero me callé.

Tres, tres, tres. Dos, dos. Uno. Sí. Uno, dos, tres. Sí.

La madre Mercedes me dijo que dos más dos eran cuatro y que eso caía de su peso, y que dos sillas más dos sillas son cuatro sillas, y que dos lápices más dos lápices son cuatro lápices, y que dos gatos más dos gatos son cuatro gatos. Y yo le pregunté si las dos sillas eran iguales a las dos sillas. Y ella me dijo que sí. Y yo le pregunté que si eran iguales como el dos al dos. Y ella me dijo que sí, que claro que sí. Y luego le fui a hacer otra pregunta, pero me callé.

Uno, uno, uno. Dos, dos. Tres. No. Uno, dos, tres. Sí.

La madre Mercedes me dijo que eso lo sabían todos, y yo me callé. También me dijo que esas cosas no se tendrían, ni siquiera, que explicar, y yo me callé. Y me repitió que dos más dos son cuatro, que dos sillas más dos sillas son cuatro sillas, que dos gatos más dos gatos son cuatro gatos, que dos niños más dos niños son cuatro niños. (Esta vez la madre Mercedes no me habló de lápices.) Y yo me callé. Y luego le dije:

—¿No es eso una trampa para que todo salga bien?

Y ella me dijo que no, claro que no.

Fue en matemáticas donde siempre saqué mejores notas, tanto en Madrid como en Ciudad Rodrigo.

Uno, dos, tres. Sí.

MADRID

«¿Cómo quieres que te hablara de tu padre? ¿Para qué te iba a hablar de él? ¿Para que te sintieras desgraciado pensando que tenías un padre indigno? Te he ahorrado todas las posibilidades de sufrimiento: ése ha sido mi único deseo siempre. Y si no te he hablado jamás de él, créeme que ha sido por el inmenso amor que le tengo, a pesar de todo, y por el inmenso amor que también tengo por ti. Mi conciencia está bien tranquila. He obrado cumpliendo mi deber de madre y mi deber de esposa.»

Tenía los párpados inflamados: debajo de los ojos se formaban dos bolsas. Antes, por las noches, se daba pomadas en la cara, por eso iba a la cama sin haberla besado. Decía que se le formaban manchas porque estaba enferma del hígado.

«A pesar de todo, quise que le respetaras en el recuerdo. Y para que no tuvieras ningún mal recuerdo de él, te callé siempre todas sus faltas. ¿Qué necesidad tenías de conocerlas? Podías sentirte orgulloso de tu pobre madre mártir. Te he evitado todos los dolores. ¡Todos!»

Tenía el cabello descuidado. Las canas se mezclaban con su pelo negro. Poco después de llegar, antes de que mi vista se acostumbrara completamente a la oscuridad, me dio la sensación de que era gris. Antes, cuando se lo teñía ella misma en el lavabo, yo le ayudaba.

«¿Qué te podía decir de él que no fueran sus defectos? ¿Es que no era mejor para todos, para él —para su recuerdo— y para ti, que no dijera nada? E incluso hoy, no toleraré hablarte de él. No te diré nada, por mucho que me lo pidas. ¿Cómo voy a cometer la crueldad de revelar a mi hijo todos los defectos y pecados de su padre? Un padre como el tuyo, que se jugó su porvenir y el de su hijo, merece, sin embargo, el respeto del silencio. Y apréndelo, no toleraré que en mi presencia hables mal de él, por mucho que se lo merezca.»

Cuando llegué, sus ojos brillaban en la oscuridad como el teléfono y el cristal de la fotografía de la pared. Cuando me dijo adiós, en la puerta, lloró.

«Además, él nunca se preocupó de ti. Cuántas veces íbamos a la playa y en vez de quedarse contigo, como hace todo padre amante de sus hijos, se iba con sus amigos a charlar. Pero no te quiero decir nada malo de él. No quiero que tengas un mal recuerdo. No lo quiero ni lo tolero.»

MELILLA

Mi padre no conoció mi teatro de cartón ni, más tarde, mi teatro de madera.

Recuerdo que un hombre me enterró los pies en la playa de Melilla.

No sé si a él le hubiera gustado ver mi teatro como (a ella), o le hubiera aburrido como a abuela.

Recuerdo las manos del hombre junto a mis piernas y la arena de la playa de Melilla.

Él no supo que aprendí a ayudar a misa y, más tarde, a montar en bicicleta.

Recuerdo que el sol iluminaba las manos del hombre, mis piernas y la arena de la playa de Melilla.

No sé si a él le hubiera gustado verme ayudar a misa (como a ella) o le hubiera disgustado verme montar en bicicleta como a abuela.

CIUDAD RODRIGO

Cuando abuela se enteraba de que había bajado al foso, me castigaba a no merendar o a no salir el domingo.

Cuando tenía ganas de orinar, me aguantaba durante toda la clase de la madre Mercedes, por eso mi pie se movía solo cada vez más.

Cuando decía palabras feas como pedo y como culo, abuela me ponía pimienta en la boca.

Cuando bajábamos al foso, después de la clase de la madre Mercedes, jugábamos a quién meaba más alto contra la pared. Yo no ganaba. Mis amigos decían que era porque no sabía apretar el capullo, y que por eso de nada me servía el retenerme de orinar.

Cuando abuela me castigaba a no salir el domingo, miraba detrás de los cristales a la gente pasear por la plaza Mayor.

Cuando me reía, mientras rezaba el rosario, abuela me arrimaba las tenazas candentes a la punta de uno de mis dedos; luego, me salía una ampollita llena de agua.

MADRID

En el colegio de Madrid yo sabía que todos mirarían mi pantalón si retiraba el libro. Yo sabía que si en clase no me ponía en los bancos que rozaban el muro de la derecha, todos me mirarían.

(Ella) misma me lo había hecho. Con un metro de costurera me había tomado las medidas. Se había servido de un patrón que hizo de papel de periódico y que llenó de alfileres.

Cuando hacía frío, podía llevar el abrigo por la calle. Cuando no hacía frío, no podía llevarlo. Cuando no hacía frío, llevaba la cartera pegada al pantalón por la calle.

Con la máquina de coser terminó la confección del pantalón. Le ayudé a enhebrar la aguja, porque decía que yo lo hacía más deprisa. También le ayudé a llevarle las piezas.

Yo le dije que no me quería poner aquel pantalón, pero (ella) dijo que tenía que llevarlo. Por eso, en el recreo, no jugaba y me quedaba sentado en un banco con el libro; por eso, siempre que podía, me quedaba con el abrigo puesto en clase.

Me probó el pantalón frente al espejo. Me preguntó si lo quería más largo o más corto. Le dije que lo dejara así. Luego me preguntó si quería el bolsillo en la costura o inclinado. Le dije que inclinado, como en la fotografía del periódico.

Cuando el profesor me ordenó que saliera a la pizarra y cuando me pidió que me volviera hacia mis compañeros para repetir más fuerte la frase, fue entonces cuando oí como uno de ellos dijo: «Atiza, pero si tiene un bolsillo horizontal, ¡debe haberse puesto el pantalón al revés! ¡No tiene bragueta!».

MELILLA

En las fotografías de Melilla estamos (ella) y yo, pero él no está en ninguna de ellas. Y cuando le pedí que me mostrara a papá en una foto, me dijo que no tenía ninguna.

En la foto de la primera comunión, estoy vestido de blanco al lado de la estatua de la Virgen. Aquel día, (ella) me llevó a la iglesia y cuando me dieron de comulgar, la hostia no se me pegó al paladar. Con la lengua la enrollé y me la tragué. Luego, cuando fui al retrete, miré con atención, pero no había nada.

En la foto que nos hicimos en el paseo de Rosales, estamos los dos de pie. Con sus manos sobre mis hombros.

Ni las fotos de Ciudad Rodrigo ni las fotos de Madrid están cortadas. Ni a las fotos de Ciudad Rodrigo ni a las fotos de Madrid les falta ningún pedazo. Sólo a las fotos de Melilla les faltan pedazos que alguien ha cortado con tijeras.

MADRID

Si la ventana hubiera estado abierta y la persiana subida, desde fuera no se habría visto ni oído nada. Ella no hablaba muy fuerte. Además, ya era casi de noche.

«¿De qué le servía mantenerse en sus trece? No contento con jugarse el porvenir, luego no quiso arrepentirse ante sus jueces. ¿Para qué? Nada más que para aumentar el castigo que le podían infligir. Qué diferente habría sido si se hubiera arrepentido desde el primer momento, como yo le dije que hiciera. Pero siempre fue un débil, nunca tuvo carácter. Cuánto mejor para él seguir los consejos de su amantísima esposa. Porque yo, a pesar de todo, siempre le quise con todo mi corazón e incluso hoy le sigo amando en el recuerdo. Ya ves: no me he vuelto a casar. ¿Y por qué? No creas que me han faltado proposiciones, pero he pensado en él y en ti. Le juré amor eterno y amor eterno le tendré. Además, no quise que tuvieras un padrastro.»

Cuando se callaba, oía el tic-tac del reloj de pared. Por las noches, se subía en una silla y abría la puertecita de cristal del reloj y con una gran llave de hierro le daba cuerda.

«Y yo te aseguro que no inventé nada. No dije nada más que la verdad, lo cual, a tu padre, no podía más que favorecerle en tales circunstancias. Pero él, como era de esperar dado su desagradecimiento, no sólo no me dio las gracias, sino que me insultó. ¡Qué cosas he tenido que oír yo, pobre de mí! Cuando más me he sacrificado por él y por ti, es cuando menos me lo agradecéis. Siempre velando día y noche por vuestra felicidad, para que al final me lo paguéis así. Pero ese es mi destino de madre mártir. Tú no lo sabes bien, te he ocultado todos mis dolores. Siempre he preferido sufrir en silencio. Que no sepa tu mano izquierda los cilicios que te pones en la derecha.»

Mientras me hablaba, no sonó nunca el teléfono ni llamaron a la puerta.

«Yo no dije a los jueces nada más que la verdad. Lo que él debería haberles dicho desde el primer momento, para no aumentar el castigo que se merecía. Como siempre, como una esposa amante de su marido, busqué lo que sería mejor hacer, y lo hice. ¿De qué le hubiera servido el que dijera que no era cierto? De todas formas, le habrían condenado. Así, con mi testimonio, los jueces, al ver mi sumisión a ellos, estaban forzados a ser más indulgentes con él. Esto era lo que él debería haber hecho si hubiera estado en su juicio. Pero se empeñó en cerrar todas las puertas que le podían servir. Cuánto mejor para él y para nosotros, si se hubiera humillado desde el primer momento y se hubiera arrepentido. Pero él nunca supo conducirse como es debido. ¡Qué hubiera sido de él sin mí!»

Sobre la mesa, sobre el teléfono, estaban las gafas que usa para leer. Seguramente, cuando llamé a la puerta las tenía puestas para jugar a los solitarios.

«Nunca te he dicho nada de esto por el mucho amor que te tengo y para que no tengas un mal recuerdo de tu padre. He preferido silenciar sus pecados. Pero hoy que te revelo todo esto, quiero que sepas que tu padre no se contentó con ello, sino que llegó a decirme que lo había denunciado. Siempre he tenido que beber de los cálices más amargos. Siempre se me ha pagado con el mal cuando he hecho el bien. ¡Cómo se destroza con todo esto mi pobre corazón de madre mártir!»

MELILLA

Recuerdo que aquel día hacía sol en la playa de Melilla, mientras un hombre me enterraba los pies en la arena.

Me contó (ella) que nos fuimos de Melilla, al comienzo de la guerra civil, en un barco de pesca al que tuvimos que entrar por una escala de madera, sin ningúna barandilla en donde agarrarnos.

Mientras escribo mis recuerdos, fumo la pipa *Dr. Plumb*. Es probable que con esta pipa en el bolsillo de su chaqueta oyera la sentencia.

Entre las fotos de Melilla hay una en la que estoy disfrazado de *pierrot*. Un hombre me tiene en sus brazos. Se ven sólo sus manos y un trozo de las mangas de la chaqueta. El resto está cortado con tijeras.

Cruzamos —me lo ha contado muchas veces— el estrecho de Gibraltar en un barco de pesca y luego, viajando en tren, llegamos a Ciudad Rodrigo.

La pipa *Dr. Plumb* es una pipa que tiene un filtro complicado. Cada semana lo limpio con cuidado, ya que la nicotina se queda pegada a las diferentes partes del complicado filtro de la pipa *Dr. Plumb —perfect pipe, C J. V. Best make* de papá.

MADRID

Cuando íbamos al Retiro, en verano, (ella) llevaba un traje blanco. Cuando daba una vuelta, la falda se le levantaba casi como a las bailarinas. Me acuerdo de que se reía debajo de los árboles cuando yo le contaba cosas. En su cara caían los rayos de sol que pasaban entre las copas de los árboles.

Tenía los labios rojos y el pelo negro y ondulado. Las mamás de los otros niños no tenían ni el pelo negro y ondulado ni el traje blanco, que se levantaba al dar una vuelta.

Yo jugaba en la plaza del Pino a policías y ladrones. Me veía (ella) jugar, sentada en el banco, con su traje blanco que tenía un cinturón de tela también blanca. Pero cuando yo hacía un buen regate, casi nunca se daba cuenta y, entonces, yo no la miraba en un rato.

Cuando volvíamos a casa, se quitaba los zapatos y, descalza, correteaba de un lado para otro. Luego se desabrochaba la faja delante de mí y yo me iba de la habitación.

MADRID

En el cine, en los noticiarios sobre la guerra, veía los aviones que caían envueltos en llamas. Entonces se me cortaba la respiración y me daba cuenta de que la sala estaba muy oscura.

Recuerdo que los aviones de los noticiarios de guerra eran de metal y que, en las alas, tenían ametralladoras con las que derribaban otros aviones que caían envueltos en llamas. Cuando veía esto ponía los pies sobre el asiento y me encogía.

Una vez, uno de los aviadores logró tirarse en paracaídas y el paracaídas se enganchó en lo alto de una chimenea de fábrica. Recuerdo la imagen que vi en el noticiario.

Entonces, casi siempre había un noticiario sobre la guerra antes de las películas y, a veces, se veían en ellos aviones que caían envueltos en llamas. Y yo pensaba en papá.

CIUDAD RODRIGO

Montaba en el coche e iba hacia la estación de Ciudad Rodrigo. Yo iba pensando en todo lo que le iba a decir (a ella). Al salir por la puerta del Sol, quedaban atrás las murallas. Cuando volvía la cabeza veía el castillo de los Trastámara y, sobre él, los cuervos revoloteando.

Iba yo en el coche junto a abuelo. Abuelo fumaba los cigarrillos con boquilla que hacía durante el rosario. El humo le salía de la boca cuando me hablaba y, como tenía la boca por dentro oscura, parecía que era un horno. A veces soplaba humo durante mucho rato y al final le salía un chorrito de humo por la nariz. (Ella) no tenía la boca como la de abuelo. La suya era de color rosado y era húmeda. Además, ella no fumaba.

Si en vez de salir por la puerta del Sol hubiéramos salido por la puerta de la Colada, entonces habríamos atravesado el puente, pero también habríamos visto las murallas y los cuervos revoloteando. Todo Ciudad Rodrigo está rodeado de murallas. Incluso la tronera que destruyeron durante el sitio ya la han reconstruido, por eso relucía de color más claro.

Cuando el coche llegaba a la estación, la esperaba. Mientras la esperaba, miraba todo lo más lejos que podía para ver si veía el tren. Luego oía el pitido del tren y por fin, mientras la esperaba, veía el tren a lo lejos. Cuando el tren se paraba, salía corriendo, y así me besaba antes.

MADRID

En la oscuridad, sentada en un sillón, me hablaba. Yo, sentado en una silla a su izquierda, la escuchaba. A veces estiraba su mano para acariciarme la cara y entonces yo me separaba.

«He hecho mal en no enseñarte nunca la carta del director de la prisión. La tengo bien guardada. Pero no he querido enseñártela porque no he querido que nunca supieses ciertas cosas, a pesar de que sabiéndolas tendrías motivos para admirar aún más a tu pobre madre. Pero ya conoces mi divisa de siempre: despreocuparme de mí misma para poderme preocupar de ti. Para lo que luego me ha servido...»

Suspiró. Suspiró una segunda vez. Luego se calló un momento.

«El director de la prisión me dice que se ha dado cuenta, por las cartas que le escribía a tu padre, de que soy una auténtica mujer española. Con estas palabras comenzaba la carta. Luego, más de la primera mitad la dedicaba a elogiarme y a reconocer todas las dificultades que tenía para poder sacar adelante a mi hijo. La conservo y la conservaré toda mi vida. Si quieres te la enseño.»

Estábamos en el comedor de verano. Las diez habitaciones restantes estaban vacías, los tres pasillos estaban vacíos, la sala de baño estaba vacía, la cocina estaba vacía.

«Si me la hubieras pedido, te la hubiera mostrado. ¿Qué me has pedido en tu vida que no te haya dado? ¿Qué necesidad tenías de leer esta carta a escondidas? ¿Cómo quieres que te diga que todo lo mío es tuyo, que yo no tengo ningún secreto para ti? ¿Qué necesidad tenías de ir, como un ladrón, a la alacena aprovechando mi ausencia para leer esta carta? ¿Es que yo te la hubiera negado? Dime.»

El comedor de invierno tenía cerrados herméticamente sus dos balcones que daban a la calle. Al pasillo tampoco llegaba ninguna luz procedente de las habitaciones.

«Entonces, si has leído esas cartas, ¿qué puedo decirte que tú no sepas? Ya has visto con tus propios ojos cómo incluso las personas que me conocen poco se compadecen de mi dolor y de mis sacrificios por sacar a mi hijo adelante. Ya ves, por otra parte, cómo el director de la cárcel no me reprocha mis pequeños errores, estos errores que una pobre mujer sola, sin nadie a quien consultar y sin cultura, como yo, era inevitable que cometiera. Porque mis errores siempre fueron insignificantes y sin mala intención, mientras que los de tu padre fueron conscientes, premeditados y monstruosos. Y el director no me reprocha mis errores, sino que me los indica, porque yo no me hubiera dado cuenta de ellos de otra manera. Yo siempre creo portarme bien, ya que mis intenciones son buenas. El director me pidió que no escribiera más cartas como las que había escrito a mi marido, porque, según decía, después de su tentativa de suicidio había sufrido una gran depresión. Tu padre, con sus comedias, logró lo que quería: impresionar al director y hacerle creer en la fragilidad de su salud mental. Y cuando se jugó el porvenir de su hijo, ¿cómo tenía su salud mental? Pero yo siempre he tenido que sacrificarme por todos. Por eso obedecí al director de la cárcel: no le volví a escribir, yo no soy ninguna hipócrita, no podía escribirle diciéndole que le felicitaba y que se había portado muy bien.»

Un perro, en el patio, dio un ladrido. Luego, dio un segundo ladrido. Debía de ser un perro lobo.

CIUDAD RODRIGO

La gente unas veces aplaudía muy fuerte y otras veces gritaba muy fuerte.

Abuelo me explicaba todas las cosas. Abuelo sabía muy bien cómo había que hacer aquello; por eso, algunas veces, cuando todo el mundo gritaba muy fuerte, él aplaudía.

Abuela, en el tablado, se reía más que en casa. Como estaba contenta, a veces aplaudía muy fuerte y a veces gritaba muy fuerte.

Abuelo me decía que lo principal era aguantar. Si no se lograba aguantar, no había nada que hacer. Abuelo sabía muy bien cómo había que hacer aquello; por eso, algunas veces, cuando todo el mundo aplaudía muy fuerte, él gritaba.

Como hacía mucho calor, abuela se remangaba el traje y los hombres se quitaban la chaqueta.

Cuando le mataron, vi cómo le salía sangre a borbotones de la boca y cómo le temblaban las patas tras mugir. Luego vi cómo el torero se secaba la mano llena de sangre. Mientras, la gente aplaudía más fuerte que nunca, y abuelo me explicaba los tres tiempos que hay que ejecutar para bien matar a un toro.

Todo se lo expliqué (a ella) cuando vino de la capital y además, para que lo comprendiera mejor, le hice una serie de dibujos que conserva en el cajón del armario, junto a mis felicitaciones y mi herbolario.

MADRID

Los domingos, como no tenía oficina, me venía a despertar y luego, juntos, íbamos a misa.

Yo ayudaba a misa y, cuando llegaba la comunión, era yo quien ponía la bandeja dorada debajo de su barbilla y, entonces, (ella) sacaba la lengua —era roja y húmeda— y cerraba los ojos. No podía decirle al sacerdote que era mi madre porque, como estaba en misa, no podía hablar.

Cuando tocaba la campanilla, sabía que me estaba mirando, y cuando trasladaba el misal, sabía que me estaba mirando; pero yo no la podía mirar porque ya me habían reprendido algunas veces por volver la cabeza mientras ayudaba a misa.

Al final la iba a buscar, saliendo por la puerta que estaba al lado del altar mayor y llegaba por el pasillo central hasta su sitio; así, todo el mundo se daba cuenta de que era mi madre.

Luego salíamos a la calle y yo le preguntaba que qué tal había tocado la campanilla, y que qué tal había trasladado el misal, y que qué tal había dado la comunión, y me decía: «Bien». Y, a veces: «Muy bien».

MADRID

Unos meses después de abuelo, abuela murió bajo el manto de la Virgen del Pilar. (Ella) lloraba. Una vecina lanzó gemidos agudos. Yo pensaba en el infierno y en los mártires y en el suplicio de Damiens, pero, en cuanto dejaba de concentrarme, reía.

Pusieron un crucifijo de plata y un rosario de oro entre las manos de abuela. (Ella) lloraba y vaporizaba perfume, pero abuela olía cada vez peor. Yo miraba la llama de uno de los candelabros, pero las lágrimas no afluían a mis ojos.

Abuela estaba de blanco y tenía la nariz casi transparente. Cuando llegaron los enterradores, (ella) sacó el crucifijo y el rosario de las manos de la abuela y los guardó bajo llave en la caja de hierro del armario. Yo pensaba en el diablo y en los esclavos romanos y en la operación de amígdalas, pero debía taparme la cara con el pañuelo para que nadie viese que me reía.

Después los hombres levantaron el ataúd y lo retiraron de la habitación, con cuidado para no golpear las paredes ni los cristales. (Ella) lloró más que nunca, junto a la ventana, mientras sus amigas la sostenían. Fue entonces cuando me encerré en el baño y mi risa fue tan violenta, que los ojos se me llenaron de lágrimas.

CIUDAD RODRIGO

El primero llevaba la bandera nacional. Junto a él iba una monja que le conducía. En el balcón, la madre superiora estaba rodeada de otras monjas. Uno detrás de otro marchábamos todos los niños del colegio cantando eso de «España fue la nación que más gloria conquistó».

En fila india, tras el abanderado, íbamos todos. Las monjas nos indicaban cuándo íbamos demasiado separados del de delante o cuándo alguno seguía a alguien que no debía. Y así, uno detrás de otro, cantábamos eso de «la Virgen del Pilar dice que no quiere ser francesa».

Seguíamos el compás de la música golpeando dos piedras. A los que habían salido en el cuadro de honor, las monjas les daban una campanilla. Y las monjas seguían el ritmo de la música sonando sus «tapetas». Y todos cantábamos aquello de «La Virgen María es nuestra redentora».

Todos en fila —uno detrás de otro— llenábamos el patio formando un ovillo. Cuando era la madre Mercedes la que dirigía al abanderado, la fila interminable daba muchas vueltas. Al final era cuando nos parábamos y cuando la madre superiora gritaba tres veces: «¡Viva Cristo Rey!» y cuando todos nosotros respondíamos: «¡Viva!», al tiempo que hacíamos golpear las piedras y tocábamos las campanillas.

MADRID

Las campanas del convento de monjas de clausura sonaron.

«¿Qué hubieras pensado si me hubiera suicidado al quedar sola contigo? Hubieras pensado, y con toda la razón del mundo, que yo era una madre indigna, que era capaz de abandonar a su hijo en el momento que más la necesitaba.»

Las campanas del convento de monjas de clausura sonaron.

«Cuántas veces pensé yo también en suicidarme. ¿Y por qué no lo hice? Porque sabía que mi obligación era quedarme contigo para cuidarte y protegerte.»

Las campanas del convento de monjas de clausura sonaron.

«Hubiera sido una cobardía infinita. Hubiera sido la mejor solución para mí, si hubiera sido egoísta y si tan sólo hubiera pensado en mí.»

Las campanas del convento de monjas de clausura sonaron.

A veces, cuando me quedaba solo en casa, me desnudaba enfrente de las ventanas enrejadas del convento de monjas de clausura.

«Pero tu padre, no contento con todo lo que había hecho, incluso quiso suicidarse. Hasta el último momento le faltó valor para hacer frente a la vida. ¡Qué hubiera sido de él y de ti sin mí!»

Las campanas del convento de monjas de clausura repiquetearon.

«No se puede encontrar ninguna justificación. Y eso te lo digo yo que tanto le he querido. Tú eres aún demasiado joven para darte cuenta de todo.»

Las campanas del convento de monjas de clausura repiquetearon.

«Él estaba en prisión; cuánto hubiera dado yo por estar allí, sin preocupaciones, sin tener que luchar para sacar a mi hijo adelante. Mi situación era mucho más dura que la suya, pero mientras que yo, como una madre amante de su hijo seguía adelante, él intentó suicidarse.»

Las campanas del convento de monjas de clausura repiquetearon. Las ventanas estaban cerradas y las persianas estaban echadas y, a pesar de todo, se oían repiquetear las campanas del convento de las monjas de clausura. Los balcones del comedor de invierno daban enfrente de las ventanas enrejadas del convento. En ocasiones, cuando (ella) estaba en la oficina y, mientras, yo me quedaba en casa preparando las clases para la Academia Militar, me desnudaba frente a las ventanas del convento de las monjas de clausura y me masturbaba.

CIUDAD RODRIGO

Bajábamos al foso de Ciudad Rodrigo, aprovechando los salientes de la pared. Abajo, buscábamos lagartijas para hacerlas fumar. Desde allí se veía muy alta la pared del castillo y las troneras de las murallas se recortaban en el cielo.

Desde lo alto de la muralla, veíamos el encierro abuelo, abuela y yo. Como (ella) estaba en la capital, no podía ver el encierro desde lo alto de la muralla. Nosotros lo veíamos desde allí y luego, desde un tablado de la plaza, la corrida.

Tampoco veía (ella) cómo construían la plaza con maderos. Nosotros desde el balcón de casa lo veíamos.

Y veíamos también cómo colocaban la escalera de mano exterior, que llegaba desde el suelo hasta lo más alto del tablado, y por la que subían los mozos más valientes.

Como (ella) estaba en la capital, no oyó que abuela me dijo que yo, como era tan mariquita, cuando fuera mozo no me atrevería a subir por la escalera y (ella), como estaba en la capital, no vio cómo me escapé de casa y subí todos los escalones de la escalera de mano exterior, hasta llegar arriba del todo mientras abuela y las vecinas gritaban.

CIUDAD RODRIGO

Las murallas de Ciudad Rodrigo son altas. Abuela me había prohibido bajar al foso o jugar en las troneras. Yo, con mis amigos, bajaba al foso. Los amigos querían que yo también subiera por la pared del pasadizo, y yo también subía, aprovechando los salientes de las piedras.

Cuando (ella) venía de la capital, iba a esperarla a la estación. Abuelo me llevaba en el coche de un amigo suyo y entonces yo veía, por la ventanilla, que los árboles de la carretera se movían en dirección contraria a la del coche. (Ella) me traía pan en forma de barras y tebeos.

(Ella) miraba los dibujos que hacía y, cuando estaba en casa, me ayudaba a hacer el mapa que todas las mañanas tenía que llevar al colegio. (Ella) de esto sí se acuerda, muchas veces me lo ha dicho. Sé que conserva mis dibujos en un cajón del armario junto al herbolario que hice en segundo de bachiller.

CIUDAD RODRIGO

Iba al colegio de monjas. Llevaba todas las mañanas el mapa de España dibujado en la pizarra. Cuando (ella) estaba en Ciudad Rodrigo, me ayudaba a hacerlo. Yo lo comenzaba por el Atlántico, haciendo primero un centímetro de costa francesa, y terminaba por el Mediterráneo, haciendo otro centímetro de costa francesa. Las fronteras con Francia, con Andorra y con Portugal, las hacía con pequeñas cruces. Se sentaba (ella) junto a mí y me daba indicaciones. Sus manos eran blancas y sin arrugas.

El día de su santo le hacía un dibujo en una cartulina. Luego (ella) lo guardaba en el cajón del armario. Abuela me ayudaba a hacerle los dibujos para el día de su santo. Debajo del dibujo le ponía: «Viva Cristo Rey». Las manos de abuela estaban arrugadas y llenas de venas.

El día de su santo, venía a Ciudad Rodrigo y comíamos, de postre, un helado. (Ella) tomaba un helado de pera, abuelo de nata y abuela de vainilla. Yo tomaba, también, un helado de pera.

El día de su santo iba (con ella) de paseo a orillas del río. Y cuando los amigos del colegio pasaban al lado mío, se daban cuenta de que yo iba (con ella).

Paseábamos por la alameda y yo le preguntaba el nombre de las flores y (ella) me lo decía. Desde la alameda veíamos la muralla, el puente y el castillo. Yo le preguntaba que quién había hecho el puente y (ella) me respondía que los romanos. Yo le preguntaba que quién había hecho el castillo y (ella) me respondía que el rey Enrique de Trastámara. Y yo le preguntaba que cuándo habían roto la tronera de la muralla que faltaba y (ella) me respondía que durante el sitio. Como daba mucho sol, (ella) llevaba un sombrero: unas veces la raya de la sombra le caía debajo de los ojos, otras veces sobre los labios y otras veces sobre el pecho.

Cuando volvíamos de la alameda, mis amigos me veían (con ella) y entonces la cogía por la mano.

MADRID

«¿Qué haces?», y yo le respondí: «rezo».

Las camas eran de madera y en el verano, como había chinches, una vez por semana chamuscábamos los somieres metálicos con algodones inflamados en alcohol, y tapábamos con yeso los orificios que hacían en la pared las chinches.

Se acercó (ella) a mi cama. Luego se fue a dormir. Yo seguí rezando padrenuestros lo más deprisa que podía.

Mi cama era alta, la colcha era oscura y las paredes, por la noche, también eran oscuras. Yo rezaba padrenuestros, procurando no respirar, mientras tenía un sudor frío.

En el verano, como había chinches, un día por semana con un alfiler en la mano buscábamos los escondrijos donde anidaban.

Me dormía rezando padrenuestros lo más deprisa que podía y sin moverme. En las paredes oscuras se formaban bultos, por eso cada vez que abría los ojos las veía, por eso cuando los cerraba sabía que estaban sobre la pared.

Las chinches que los sábados matábamos, los tirábamos al orinal que estaba lleno hasta la mitad de agua.

Más tarde, recé muy lentamente los padrenuestros.

Como así no hacía trampas y pensaba en lo que rezaba, no me moría por la noche.

Cuando, más tarde, inventaron los insecticidas, ya no recé más padrenuestros para no morirme por la noche.

MADRID

Las puertas de la habitación estaban cerradas, las ventanas estaban también cerradas. La habitación era un dado regular y sin aberturas.

«Tu padre no es que se volviera loco en la cárcel, tu padre siempre estuvo loco. ¿Quién que no estuviera loco hubiera podido cometer los trágicos errores que tu padre cometió? Y que Dios me libre de decirte nada malo de él, de mi marido amantísimo. Toda la vida le he querido, le he cuidado, he estado pendiente de él. ¿Qué hubiera hecho otra mujer en mi caso? Tú eres aún muy joven para poderte dar cuenta de todo, no conoces la vida, yo te he suprimido todo sufrimiento. Otra mujer se hubiera vuelto a casar y te hubiera dado un padrastro. ¡Qué sencillo hubiera sido para mí! Así hubiera dejado de trabajar y de sufrir, pero yo no he querido hacerlo; en primer lugar, porque te he amado tanto, que sólo tu felicidad contaba para mí y, en segundo lugar, porque sólo podré amar a un hombre en mi vida: a mi marido.»

La habitación era como un dado regular de oscuridad. Poco a poco, fui distinguiendo las cosas dentro de él.

«Era yo quien tenía que haberme vuelto loca de dolor y sufrimiento. Pero he querido, a costa de mil esfuerzos, guardar mi equilibrio para poderte cuidar, para sacarte adelante. Tu obligación de hijo es agradecer todos mis esfuerzos y sacrificios. Otro hijo besaría el suelo que piso. Yo no te pido tanto: sólo te pido que sepas reconocer lo que he hecho por ti.»

Las cuatro paredes —con las puertas y ventanas cerradas—, el techo y el suelo, formaban las seis caras de un prisma cuadrangular regular. En el interior de él, me hablaba y yo la escuchaba. Cuando se callaba, se oía el tic-tac del reloj.

«Todo el mundo lo sabía en Melilla. Pregúntaselo a quien quieras. Un hombre en sus cabales no habría obrado como obró. Por eso puedo afirmarte que no se volvió loco en la cárcel, sino que ya estaba loco antes. Las cartas que yo le escribí eran las cartas que cualquier otra mujer en mi caso —llena de dolor y sufrimiento— hubiera escrito al hombre que era la causa de la tragedia. Pero lo que no te tolero es que pienses mal de él. Le tienes que recordar, amar y respetar a pesar de todo, como lo recuerdo, le amo y le respeto yo. Su enfermedad mental excusa todas sus faltas, no lo olvides.»

CIUDAD RODRIGO

Era al final cuando se me ponía dura.

Abuela, como conocía de memoria todos los misterios del rosario —los gozosos, los gloriosos y los dolorosos—, era quien dirigía todas las noches el rosario. Abuela sólo comenzaba sus «Dios te salve María» unos instantes después de que todos habíamos terminado nuestro «Santa María». Pero no era entonces cuando se me ponía dura.

Mientras rezábamos el rosario, elegíamos lentejas. Abuelo hacía cigarrillos con boquillas de cartulina enrollada y filtro de algodón. Abuelo cogía el algodón del rollo que (ella) utilizaba y llenaba de sangre.

Abuela decía los «Dios te salve, María» de los misterios primero, tercero y quinto. Nosotros, por lo tanto, rezábamos los «Santa María» de estos misterios. Abuela decía los «Santa María» de los misterios segundo y cuarto. Nosotros, por tanto, rezábamos los «Dios te salve, María» de estos misterios. Pero no era entonces cuando se me ponía dura, ni cuando se me mojaba la puntita.

Abuelo hacía los cigarrillos con un aparato metálico, cilíndrico y alargado. Para el filtro, abuelo utilizaba el algodón de rollo que (ella) manchaba de sangre, de vez en cuando, y que yo iba a ver a la caja de madera de la cocina.

Abuela, como conocía de memoria las letanías, las dirigía. No era entonces cuando se me ponía dura y cuando tenía que cubrirme las ingles con las faldillas. Ni tampoco cuando abuela rezaba, inmediatamente después, una oración en latín.

Abuelo, cuando abuela terminaba la oración en latín, se levantaba de la mesa y se iba al pasillo a fumarse un cigarro mientras paseaba de arriba abajo.

Era al final cuando se me ponía dura. Era entonces cuando abuela rezaba padrenuestros por sus intenciones. Se me ponía dura y la puntita se me mojaba mientras contestaba a los padrenuestros de las intenciones de abuela cada noche más numerosas.

MADRID

Me dijeron que era la orquídea. Entonces, yo, entre todas, elegí la orquídea. El dependiente la metió dentro de una caja de plástico y se la regalé (a ella). Luego le dije que, cuando fuera oficial del Ejército del Aire Español, le regalaría, todas las semanas, una caja de plástico con una orquídea dentro.

«No busqué nada más que tu felicidad. Yo, ¡pobre de mí!, con la mejor intención del mundo, Dios lo sabe, supuse que, para ti, nada sería mejor que ser militar.»

En la habitación, cerradas las puertas y las ventanas y echadas las persianas, me hablaba sin mirarme casi nunca.

«Hoy serías oficial. Tendrías un buen sueldo, una buena colocación y una situación de prestigio. ¿Qué otra madre —madre auténtica— no te hubiera aconsejado que siguieras esta carrera? Porque yo no hice nada más que aconsejarte. Tú bien lo sabes. Tú decidiste tu porvenir.»

Entre todas, elegí la orquídea. Y cuando el dependiente me preguntó de qué color, yo le respondí el más bonito. Y me dio una azul.

«No puedes imaginarte el dolor tan grande que fue para mí tu falta de aplicación. Y si traté, por todos los medios que estaban a mi alcance, de que mejoraras, bien puedes comprender que fue por el extraordinario amor que te tengo y por el deseo tan grande que tenía de verte hecho un hombre de provecho, un militar de carrera.»

En la habitación, estaba a mi derecha y yo a su izquierda. De vez en cuando, me miraba un instante.

«Estaba desesperada. Yo soy una mujer sin cultura, sin formación. Qué diferente hubiera sido todo, si mis padres me hubieran dado la formación que yo te he dado a ti. Yo no conocía la gravedad de tu enfermedad. ¡Si al menos hubiera tenido unos estudios elementales de medicina! De todas formas, no podrás quejarte jamás: siempre te he dado lo que ha estado en mi mano. Y si cuando caíste enfermo, no hice contigo ningún extraordinario fue, que lo sepas bien, primero, porque con mi sueldo miserable no podía hacer más de lo que hice; segundo, porque yo no conocía la gravedad de tu enfermedad, y tercero, porque supuse que era una argucia tuya para no preparar la Academia Militar.»

En Ciudad Rodrigo había amapolas. En Madrid no había amapolas. En Madrid me dijeron que la mejor era la orquídea.

«Y tú, tomándote la justicia por tu mano, te fuiste de mi lado. Mi corazón ha quedado destrozado, pero te dejo que hagas lo que quieras, a pesar de que podría hacerte volver. Eres menor de edad. Pero, como siempre, lo que cuenta para mí es la felicidad de los demás y no la mía. Cuánto mejor estarías cuidado por tu madre, que no por extraños en un sanatorio. ¿Qué te hubiera faltado junto a mí?».

CIUDAD RODRIGO

Cuando los mozos entraron en la plaza, algunos cayeron a la puerta. Luego entraron los toros. (Ella) no estaba entonces en Ciudad Rodrigo.

Desde lo alto de las murallas habíamos visto cómo los jinetes traían los toros desde el campo. Luego corriendo llegamos a la plaza y nos sentamos en el tablado. Abuela y abuelo también corrieron con nosotros, para no perderse la entrada de los toros en la plaza, pero como (ella) entonces no estaba en Ciudad Rodrigo, no vio nada.

Cuando los toros entraron en la plaza, los mozos se subieron sobre las barreras y se escondieron en los burladeros. Los seis toros correteaban por la plaza y no se podía socorrer a los dos mozos heridos. Nosotros, desde el tablado, oíamos los pasodobles y veíamos a los toros correr. Pero (ella) estaba en la capital y tuve luego que contárselo todo.

Como hacía mucho calor, abuelo se quitó la chaqueta y abuela se arremangó la blusa. Cuando los toros pasaban junto a nosotros, el sol se reflejaba en su piel, que entonces brillaba. Los toros bufaban y corrían mientras la gente aplaudía y gritaba.

Luego, sacaron los cabestros, y los seis toros, tras ellos, entraron en los toriles y entonces recogieron a los dos mozos heridos. Cuando (ella) volvió a Ciudad Rodrigo se lo conté todo, mientras con el dedo repasaba sus cejas —eran negras— y su nariz.

SANATORIO

Ellos y ellas me dijeron que ahora todo es muy diferente, que ahora se curan las enfermedades, que ahora se viaja con gran rapidez, que ahora la humanidad ha progresado y que el bienestar ayuda a la felicidad. (Ella) también me lo dijo. Cuando yo les hice una pregunta, ellos me respondieron. Luego ya no hice preguntas.

Ellos me dijeron que había que amar a la patria, que había que sacrificarse por ella, que había que sentirse orgulloso de sus héroes, que había que respetar el orden del país, que había que denunciar a los traidores, que había que odiar a los enemigos. (Ella) también me lo dijo. Cuando yo les hice una pregunta, ellos me respondieron. Luego ya no hice preguntas.

Ellos me dijeron que la familia es sagrada, que hay que respetar a los padres, que hay que agradecerles el habernos criado, que hay que obedecerles, que hay que quererles hicieran lo que hicieran. (Ella) también me lo dijo. Cuando yo les hice una pregunta, ellos me respondieron. Luego ya no hice preguntas.

Ellos me dijeron que tenemos que agradecer a Dios el habernos dado la vida, el no habérnosla quitado, el habernos dado una posibilidad de salvarnos. (Ella) también me lo dijo. Cuando yo les hice una pregunta ellos me respondieron. Luego ya no hice preguntas.

Luego ellos me dijeron que tenía que hacer aquello, yo entonces ya no hice preguntas y lo hice. Luego me dijeron que tenía que ir por allí, yo entonces ya no hice preguntas y fui por allí.

CIUDAD RODRIGO

Abuela decía que tenía que cargar el pito a la izquierda. Como lo llevaba a la derecha, abuela decía que era un mariquita.

Abuela decía que tenía que ir a mi cuarto desde el comedor atravesando el pasillo —era largo y oscuro—. Me quedaba detrás de la puerta del comedor acurrucado. Por el resquicio de la puerta me llegaba un rayo de luz del comedor. Cuando abuela descubría que aún no había ido a la cama atravesando el pasillo —era largo y oscuro—, me llamaba mariquita.

Abuela decía que su padre la obligaba a ir por el pasillo, por la noche, para quitarle el miedo. Su padre le daba un hachón para que se alumbrara. Las sombras, decía abuela, iban y venían por las paredes. Abuela decía que su padre era severo. Siendo niña, tenía que arrodillarse a sus pies para quitarle sus botas de carabinero.

Abuela decía a la gente que venía a casa, que yo era mariquita; entonces me encerraba en el retrete. Abuela también les decía que llevaba el pito a la derecha teniéndolo que llevar a la izquierda, como los hombres; entonces yo, metiendo las manos debajo de las faldillas, me lo ponía a la izquierda. Luego se me iba solo a la derecha.

En Madrid, (ella) también me obligaba a que fuera por el pasillo —era largo y oscuro— hasta mi cuarto por las noches. En Madrid me quedaba a la entrada del pasillo: a mi espalda estaba la oscuridad del largo pasillo. Por eso, me acurrucaba.

Ahora el pito ya se me ha ido a la izquierda.

MELILLA

El hombre me enterró los pies en la arena. Era la playa de Melilla. Recuerdo sus manos junto a mis piernas y la arena de la playa. Aquel día hacía sol, lo recuerdo.

(Ella) me ha contado que en Melilla no quería besar a nadie y que un día tiré por la ventana la preciosa muñeca. Yo no me acuerdo de ninguna de esas cosas. (Ella) me las ha contado muchas veces.

Encima del sobre que guarda en el armario ha puesto: «Fotografías de Melilla». En las fotografías estamos (ella) y yo. A algunas fotografías les falta un pedazo. Alguien las ha cortado con tijeras.

Yo no me acuerdo de las cosas de Melilla que me ha contado tantas veces. Yo recuerdo mis pies enterrados en la arena y las manos del hombre junto a mis piernas.

MADRID

(Ella) lloró.

«Mi conciencia está bien tranquila; siempre me he portado lo mejor posible, como madre y como esposa. Hoy soy una pobre mujer viuda que no espera nada más que morir. La juventud ha pasado para mí. Yo ya no soy nada más que una mujer vieja. El mundo es para vosotros, los adolescentes.»

Lloró, por eso se interrumpió al hablar.

«Tú fuiste mi chiquitín, mi tesoro. ¡Cuánto te he querido, hijo mío! ¡Y cuánto te sigo queriendo! ¡Cómo me gusta mirar las fotografías en que estás en mi regazo! Entonces sólo tenías ojos para mí. Entonces no querías estar con nadie ni besar a nadie, sólo querías estar conmigo. Y yo, ufana, te paseaba por Melilla.»

Lloró.

«Papá murió. Quizás haya sido mejor para todos. ¡Qué dura carga hubiera sido! Además fue castigado por sus faltas. No olvides que hasta Dios castiga a los culpables. La Biblia dice: "Castigaré a Baal en Babilonia". Pero es necesario que lo sepas: yo no tengo nada que reprocharme en la conciencia. Sólo he vivido para vosotros. He sido siempre demasiado buena.»

Lloró.

«Dime que lo reconoces.»

Le dije que sí y lloró.

«Dime que piensas que he sido una buena madre y una buena esposa.»

Le dije que sí y lloró.

«Pídeme perdón.»

Le pedí perdón y lloró.

«Bésame.»

La besé y lloró.

Luego, con las luces apagadas, fuimos por el pasillo hasta la puerta. Yo, a oscuras, la besé otra vez, en el corredor. Y (ella), a oscuras, me besó y me abrazó.

SANATORIO

No sé si le gustaba ver nevar a través de las rejas.

No sé si en verano se entretenía, como yo, viendo el polvillo que hay dentro de los rayos de sol.

No sé si le gustaba el rojo como a abuela o el azul como a mí.

No sé si le gustaba jugar con la arena de la playa.

No sé si le gustaba pasearse por el puerto.

No sé si en invierno papá dejaba la huella de su pie sobre la nieve para luego contemplarla, o si, en los días de sol, se paseaba entre las palmeras de los paseos de Melilla.

CONSEJO DE GUERRA DE OFICIALES GENERALES CONTRA EL TENIENTE FERNANDO RUIZBAL

Entre los documentos que Fernando David había encontrado escondidos en la alacena de su madre figuraba este certificado:

«Madrid, 17 de julio de 1939.

»Año de la Victoria. ¡Arriba España!

»Certifico que Fernando Ruizbal, ex teniente de Infantería y en la actualidad recluso en la Prisión Central de Burgos:

»Perteneciendo a la guarnición de Melilla, fue detenido el 17 de julio de 1936 y más tarde con fecha 12 de agosto del mismo año fue condenado a muerte según auto de igual fecha por el delito de sedición en causa número 359 del citado 1936, en cuya situación permanece hasta fin de mayo de 1937, en que fue condenado a reclusión perpetua en Ceuta el día 7 del mismo mes, sentencia aprobada por la Autoridad Judicial con fecha del día 17 del mismo mes.

...»

Gracias a este documento se enteró de que su padre, probablemente, había pasado diez meses en capilla condenado a muerte. Primero en un calabozo del fuerte de María Cristina de Melilla y luego en otro del peñón del Hacho de Ceuta.

«Todas las mañanas pudo formar parte del grupo de fusilados. El general Romerales, jefe militar de la plaza de Melilla, y algunos de sus compañeros fueron ejecutados inmediatamente. Pero él era tan sólo un joven teniente recién salido de la Academia. Quizá esta circunstancia salvara su vida.»

Tras años de infructuosas gestiones, por fin, Fernando David tuvo entre sus manos el segundo proceso de su padre:

«Don Antonio A. C., teniente de Infantería, secretario de la causa instruida contra el oficial de Infantería don Fernando Ruizbal..., por el delito de sedición, de la que es juez instructor el comandante de Caballería don Ricardo B. D.-A.

»Sentencia. En Ceuta, a siete de mayo de mil novecientos treinta y siete, reunido el Consejo de Guerra de Oficiales Generales que ha visto la presente causa contra el oficial del Batallón Cazadores de Melilla número tres teniente don Fernando Ruizbal por supuesto delito de rebelión, oído el apuntamiento y alegaciones del fiscal, defensor y procesado:

»RESULTANDO probado que el teniente don Fernando Ruizbal conocido por sus ideas extremistas, y que, en época inmediatamente anterior al movimiento Militar, mantenía relaciones estrechas con destacados elementos directivos revolucionarios en Melilla, como lo demuestra el hecho de haber calificado una comida de Oficiales del Batallón de reunión fascista, constando también que el dicho procesado hacía gala en conversaciones de su admiración por las organizaciones revolucionarias, se acredita por fin en autos que el día diecisiete de julio último sobre las siete de la tarde y después de declarado el Estado de Guerra en aquella plaza, hallándose hablando con varios Oficiales en el Cuartel, manifestándole en ocasión de que uno de ellos hablaba de la venida a Melilla de Fuerzas del Tercio y Regulares, que si estas fuerzas no le ganaban la mano a las juventudes revolucionarias no perderían estas últimas la partida, porque estaban muy bien preparadas, lo que originó que se le llamase inmediatamente la atención manteniéndole apartado y vigilándole por orden del comandante de dicho Cuerpo Señor A. que había oído tales manifestaciones; permaneciendo el acusado en actitud correcta hasta que sobre las diez de la noche y también en el mismo Cuartel, dijo al capitán F. que él quería que lo detuviesen, pues no comprendía otro gobierno que el de Casares Quiroga, siendo a los pocos momentos detenido.

»CONSIDERANDO los hechos relatados en el primer anterior, habida cuenta de las relaciones que el teniente señor Ruizbal tenía con destacados elementos revolucionarios de la localidad y en vista de sus manifestaciones de no sumarse al Movimiento Nacional Salvador de España por más que éstas fuesen hechas concretamente tan sólo ante un Superior son actos que apreciados en conjunto integran un delito de adhesión a la rebelión de los comprendidos en el párrafo segundo del artículo 238 del Código de Justicia Militar en relación con el 237 del Mismo y con el artículo 4° del Bando de declaración del Estado de Guerra en la misma fecha de autos, diecisiete de julio último, toda vez que la actitud de dicho procesado demuestra una adhesión cuando menos indirecta a la política revolucionaria del frente popular que a partir de las últimas elecciones desarrolló en España una verdadera rebelión llevada a la práctica mediante actos constantes de violencia que realizaron numerosos grupos armados integrantes del repetido frente popular contra todos los derechos fundamentales garantizados en la Constitución alzándose por tanto en armas contra ella al conculcar el orden jurídico establecido como fundamento de la organización del Estado que pretendía destruir mediante relatada conducta culminada en la lucha abierta que aún subsiste en todo el territorio nacional, siendo autor responsable del mencionado delito el repetido procesado teniente don Fernando Ruizbal, mayor de dieciocho años a efectos penales, y sin que sean apreciadas circunstancias modificativas de la responsabilidad, puesto que la actitud de dicho procesado no llegó a producir perturbación alguna, ya que al manifestarse explícitamente lo fue tan sólo ante un Oficial Superior y en forma de inhibición de sus deberes: ...

»FALLAMOS que debemos condenar y condenamos al teniente don Fernando Ruizbal a la pena de reclusión perpetua con las accesorias de pérdida de empleo, inhabilitación absoluta e interdicción civil durante la condena, siéndole de abono toda prisión preventiva...

»Todo conforme a los preceptos que se citan y demás de general aplicación del Código Castrense y del Penal ordinario.»

* * *

«[Dictamen.

»—Se tramita la presente causa contra el procesado teniente Don Fernando Ruizbal,

...

»—La sentencia dictada por el Consejo de Guerra se encuentra ajustada en su relato de hechos y congruentes con la misma pena impuesta, por lo que no observándose en la misma error ni injusticia notorios, pudiera V.E. aprobar dicho fallo haciéndolo firme y ejecutorio.

»—Caso de conformidad y para la práctica de las diligencias de notificación y deducción y curso de los oportunos testimonios, deberá volver lo actuado a su Instructor.

»—V.E., no obstante, acordará.

»Ceuta, 14 de mayo de 1937. -Pedro T. -Rubricado.-»

Hay un sello que se lee: -Fuerzas Militares de Marruecos.-Auditoría de Guerra.-......

Decreto de aprobación.-.-Conforme. -L. -Rubricado.-.]

* * *

»Diligencia de notificación. -Ceuta, a diecinueve de julio de mil novecientos treinta y siete.

»Ante el señor juez y presente el secretario comparece el oficial de Infantería don Fernando Ruizbal, acompañado de su defensor, a quienes se notificó haber quedado en firme la sentencia impuesta por el Consejo de Guerra de Oficiales Generales, obrante al folio ciento cincuenta y cuatro, firmando el enterado todos los que han intervenido en este acto. -Doy fe.

Y para que conste y surta sus efectos expido el presente orden y visado por el señor juez en Ceuta a treinta y uno de mayo de mil novecientos treinta y siete.»

(Sello de las Fuerzas Militares de Marruecos)

INFORME (PROBABLE) SOBRE FERNANDO

Con los datos que en aquellos momentos conocía sobre el destino de su padre, Fernando David redactó esta nota. La dirigió a las personas a las que solicitaba información sobre él:

* Cursó sus estudios militares en la Academia Militar de Toledo. Formó parte de la última promoción toledana. Antes del traslado de la Academia a Zaragoza.

* Finalizó sus estudios de Infantería en 1930.

* Fue destinado primero a Ciudad Rodrigo y luego a Melilla.

* El 17 de julio de 1936 fue detenido en Melilla en el Fuerte de María Cristina y condenado a muerte.

* Antes del mes de abril de 1937 fue trasladado a la Fortaleza del Hacho de Ceuta.

* El 7 de abril de 1937 un Consejo de Guerra de Oficiales Generales, en Ceuta, le condenó a la reclusión perpetua.

* Ingresó, en junio de 1939, en la Prisión Central de Burgos.

* A finales del año 1941 (o comienzos del año 1942), se fugó.

* Nunca más se han tenido noticias suyas.

Fernando David recibió de un «compañero de armas» de su padre... que prefería «no revelar mi (su) identidad», esta carta:

«... Al haber sido la convocatoria de 1926 la última que se anunció en la Academia de Infantería de Toledo por estar prevista la creación de la General en Zaragoza al año siguiente, se dio el caso de que su padre, mi compañero de armas Fernando RUIZBAL, fue el único cadete que ocupó el Alcázar de Toledo en el curso 1929-1930.

El 17 de julio (fíjese qué coincidencia) de 1930, a las 11 horas le entregaron el nombramiento del alférez en el despacho del teniente coronel director.

Al salir de la Academia con el empleo de alférez, el 18 de julio de 1930, fue destinado al Batallón de Montaña de Antequera núm. 12, de guarnición en Ciudad

Rodrigo, de donde pasó, al llegar la República, al Regimiento núm. 41, en Melilla.

Ascendió a teniente en 1932, siendo destinado al Batallón de Cazadores de África núm. 3, también en Melilla, unidad en la que se encontraba el 17 de julio de 1936, cuando fue detenido.

El batallón de Cazadores de África núm. 3 no tenía un acuartelamiento fijo dado que se turnaba en prestar servicio de guarnición en Alhucemas.

Cuando estaba en Melilla su batallón se alojaba en el llamado acuartelamiento de Santiago (que actualmente ocupa el grupo de regulares n.º 2), situado junto al Polígono, no lejos del Fuerte de María Cristina donde comenzó el calvario de su padre.

Puede usted comprobar a través de su *última* hoja de servicio la estima y confianza que en su padre depositábamos sus compañeros y superiores...»:

Servicios prestados durante el año 1935 por el teniente don Fernando Ruizbal.

Del Batallón de Cazadores de África número 3:

En su anterior situación, hasta el 16 de abril, que marchó destacado a Drius y en dicha posición permaneció hasta el 6 de mayo, en que se incorporó a Melilla por haber sido destinado a la 4.ª Compañía, de cuyo mando y administración se hizo cargo por haberse ausentado el capitán. El 13 de mayo y, dispuesto por el jefe del Batallón, se le designa también para retirar de Correos y Telégrafos cuantos giros y valores vengan consignados al Batallón.

Comisiones que ha desempeñado: El mando y administración de la Cuarta Compañía desde 6 de mayo hasta el 31 de diciembre de 1935. La de oficial encargado de los giros y valores desde el 13 de mayo a fin de año.

Melilla, 2 de enero de 1936.

El comandante mayor, Carlos M.

PESADILLA EN EL HOSPITAL

Fernando David fue operado del pulmón tras dos años de estancia en el sanatorio. La noche siguiente a la intervención, tuvo una pesadilla, que transcribió de forma dialogada:

Veo una habitación muy oscura. A la izquierda, la puerta que da a la calle. Al fondo la puerta que comunica con la «celda de castigo». Paredes desnudas. En el centro de la habitación hay una mesa y tres sillas.

Es de noche. Dos hombres están sentados. Parecen verdugos. Llaman a la puerta de la calle, insistentemente. Los dos hombres no quieren oír. La puerta se abre lentamente, pero chirriando. (ELLA), *mi madre, asoma la cabeza e inspecciona la sala. Por fin entra en la habitación y se dirige a los dos hombres.*

ELLA.—Buenos días, señores. Discúlpenme... ¿Les molesto? (*Los dos hombres siguen inmóviles, como si la cosa no fuera con ellos.*) Si es que les molesto, me marcho.

(Silencio. La mujer parece que quiere reponerse. Por fin, dice atropelladamente.)

ELLA.—He venido a buscarles porque ya no resisto más. Se trata de mi marido.

(Patéticamente.) La persona en quien puse toda mi confianza, el hombre a quien di mi juventud entera y al que quise como jamás pensé haber querido. *(Bajando el tono.)* Tengo que confesarlo: es culpable.

Los dos hombres, de pronto, se interesan por lo que dice. Uno de ellos saca un lápiz y un cuaderno.

ELLA.—Vive en la calle de la Tabla, número diecisiete, y se llama Fernando Ruizbal.

Uno de los dos hombres toma los datos. Inmediatamente, ambos salen por la puerta de la calle. Un coche se pone en marcha. ELLA *sale también por la puerta de la calle.*

VOZ DE ELLA.—Entrad, queridos míos, entrad.

VOZ DEL COMANDANTE JOTEFÓN.—Está muy oscuro*.

VOZ DE ELLA.—Sí, está muy oscura la habitación. A mí también me da miedo, pero debemos entrar. *(Dirigiéndose a mí.)* Hemos de esperar a mi maridito.

Entran ELLA, el COMANDANTE JOTEFÓN *y* YO.

ELLA.—Sentaos. Junto a mí.

Los tres se sientan en torno a la mesa. ELLA *habla con tono lastimero.*

ELLA.—¡Qué momentos estamos viviendo tan dramáticos, tan tristes! ¿Qué pecados hemos cometido para que la vida nos castigue de esa forma tan cruel?

COMANDANTE JOTEFÓN.—No te preocupes, no llores.

ELLA.—No, no lloro, no lloraré, me haré fuerte ante tanta adversidad. Cuánto te agradezco que estés siem-

---

* El comandante Jotefón era entonces un amigo de la madre de Fernando David.

pre tan pendiente de mí en todo. Pero ya ves a mi hijo: siempre tan descastado.

Sombrío, miro, deliberadamente, en dirección contraria a mi madre.

ELLA.—Ya lo ves, ahora, que necesito más que nunca el apoyo suyo, se vuelve contra mí y me maltrata con su despego. ¿Qué te he hecho yo, mal hijo, hijo indigno? Habla, dime algo.

COMANDANTE JOTEFÓN.—No le hagas caso, él no sabe lo que es el agradecimiento a una madre.

ELLA.—(*Dirigiéndose a mí.*) ¿No oyes lo que dice mi amigo?, que ni siquiera es de la familia. Escucha lo que dice. Si a mí alguien me hubiera dicho algo parecido, se me caería la cara de vergüenza. Pero tú no tienes vergüenza. ¡Ay Dios mío! ¡Qué calvario!

COMANDANTE JOTEFÓN.—No te exaltes, no te aflijas por él. No se lo merece. Él nunca estará de acuerdo con lo que hagas tú.

ELLA.—Sí, sí, tú no lo sabes bien. Cuando no es con mi marido, es con mi hijo siempre me toca sufrir. Yo, que no he sido más que la esclava de ellos en todo momento. Cuántas, cuantísimas mujeres viven de cualquier manera divirtiéndose día y noche en bailes, en cabarés, en cines. ¡Cuantísimas! Tú lo sabes bien. Yo podía haber hecho lo mismo, pero he preferido sacrificarme por mi marido y por mi hijo, de una forma silenciosa y humilde sin esperar nada, incluso sabiendo que un día los seres que más he querido me dirían, como hoy me dice mi hijo, que aún no he hecho bastante. Ya lo ves. ¿Cómo responden a mis sacrificios?, dándome mal por bien siempre, siempre.

COMANDANTE JOTEFÓN.—¡Qué buena eres!, ¡qué buena eres!

ELLA.—¿Y qué gano yo sabiéndolo? Da lo mismo. Todo es lo mismo. Yo ya no tengo ilusiones, todo me da igual, ya nada me importa. Deseo ser buena y sacrificarme por ellos dos sin esperar recibir nada, sabiendo incluso que los seres más próximos a mí, los que deberían agradecer mis desvelos, no reconocerán mi actuación. He sido toda la vida una mártir por ellos y mártir seguiré siendo hasta que Dios quiera que me muera.

COMANDANTE JOTEFÓN.—¡Aquí estoy yo para protegerte!

ELLA.—Sí, sólo vivo por ellos. ¿Qué otra cosa me puede importar en la vida? ¿El lujo, los trajes, las fiestas de sociedad, el teatro? Todo esto para mí no cuenta; sólo tengo una preocupación: mi marido y mi hijo. ¿Qué me importa el resto?

COMANDANTE JOTEFÓN.—¿No oyes a tu madre?

ELLA.—Déjalo. ¿Crees que puedo esperar que él sepa agradecer mis sacrificios? No. Yo nada espero de él. Bien sé que incluso pensará que no me sacrifiqué suficientemente.

COMANDANTE JOTEFÓN.—*(Mirándome.)* Eres un canalla.

ELLA.—No me hagas sufrir, no le riñas. Yo quiero que todos vivamos tranquilos, en orden... Sobre todo, no quiero que vosotros dos riñáis.

COMANDANTE JOTEFÓN.—¡Qué buena eres!... Y buena con él, que no se lo merece. Si no fuera porque tú me lo pides, no sé lo que haría.

(Agresivo, dirigiéndose a mí.) Ya se lo puedes agradecer a tu madre, que bien mereces que te pegue.

ELLA.—No, no le pegues. No quiero que le pegues por mucho que lo merezca. Quiero que entre nosotros reine la tranquilidad y el amor. Es lo único que te pido.

COMANDANTE JOTEFÓN.—No te preocupes, haré lo que me pides.

ELLA.—Gracias. Qué bálsamo eres para las heridas que la vida me ha infligido. Ya ves, al fin, Dios, en su inmensa bondad, me ha dado un ser como tú, que me calma los dolores que atormentan mi pobre alma. Estos dolores, que, para mayor tristeza mía, me los causan los seres por los que más he luchado: mi marido y mi hijo.

COMANDANTE JOTEFÓN.—Nadie te volverá a molestar.

ELLA.—No te enfades, no te disgustes. Ellos, bien lo sabemos, se han portado mal. Nosotros lo que debemos hacer es perdonarles y no ser rencorosos con ellos. Además, aunque mi marido es culpable, no por eso debes dejar de respetarle.

COMANDANTE JOTEFÓN.—¿Respetarle a él?

ELLA.—Sí. No te fijes en todo lo mucho que me ha hecho sufrir. Yo soy quien no debería perdonarle, y ya ves, le perdono. Aunque me torture más de lo que hasta hoy ha hecho, si esto es posible, yo seguiré esperándole con los brazos abiertos y le sabría perdonar sus infinitas faltas. La vida me ha enseñado a sufrir desde que nací. Pero este calvario lo sufro con dignidad por amor a ellos.

COMANDANTE JOTEFÓN.—¡Qué buena eres!

ELLA.—Eso intento ser, buena.

COMANDANTE JOTEFÓN.—*(De pronto, interrumpiendo a* ELLA, *en un movimiento espontáneo de afecto.)* Eres la mujer más buena del mundo.

ELLA.—*(Humildemente.)* No, no soy la mujer más buena del mundo, no puedo aspirar a tanta gracia: yo soy demasiado sencilla y, además, probablemente, habré cometido algunas faltas. Bien es verdad que con toda mi alma, mi buena intención. Pero, al fin y al cabo, lo que importa es que he cometido faltas.

COMANDANTE JOTEFÓN.—(*Convencido.*) No, tú nunca.

ELLA.—Sí, algunas veces. Pero tengo la satisfacción de saber que siempre me he arrepentido de ellas.

COMANDANTE JOTEFÓN.—Eres una santa.

ELLA.—No digas eso. ¡Qué más quisiera que ser una santa! Yo no puedo ser santa. Para ser santa hay que ser algo muy grande y yo no valgo nada. Yo sólo procuro ser buena sin aspirar a más.

La puerta de la calle se abre. Entran los dos hombres que llevan a mi padre, Fernando Ruizbal, atado de pies y manos y colgado de un palo grueso, como se transporta la caza mayor. Va amordazado. Al entrar en la habitación, levanta la cabeza y mira a ELLA *con los ojos muy abiertos y quizás cargados de ira.* ELLA *le mira con avidez.* YO *veo pasar la comitiva violentamente irritado. Los dos hombres, sin detenerse, cruzan la habitación, llevando a mi padre de la puerta de la calle a la celda de castigo, por donde desaparecen los tres.*

YO.—(*Irritadísimo, a mi madre, a* ELLA.) ¿Qué es esto? Di, ¿qué es esta nueva fechoría tuya?

COMANDANTE JOTEFÓN.—No trates así a tu madre.

ELLA.—Déjale. Déjale que me insulte. Déjale que trate a su madre como si fuera un enemigo. Déjale. Dios castigará su mala acción.

YO.—Esto es demasiado... (*Colérico, a mi madre.*) ¿Qué has hecho a papá?

COMANDANTE JOTEFÓN. —(*A punto de pegarme.*) Te he dicho que trates bien a tu madre. ¿Lo entiendes? Que la trates bien. ¿Me oyes?

ELLA.—Cálmate, cálmate. Déjale que me maltrate. Si él sólo está a gusto viéndome sufrir, dale esa satisfacción. Éste es mi papel: sacrificarme por él y por mi marido; darles todo lo que deseaban.

COMANDANTE JOTEFÓN.—No consentiré que te trate a gritos.

ELLA.—Por favor, obedéceme.

COMANDANTE JOTEFÓN.—No te obedeceré: tú eres demasiado buena y de eso se aprovecha.

ELLA.—¿Tú también quieres hacerme sufrir? Si él es malo conmigo que lo sea; no podía esperar nada mejor. Pero tú eres diferente; eso al menos he creído siempre. *(Pausa.)* Déjale que me atormente, si eso satisface su alma ruin.

COMANDANTE JOTEFÓN.—No, nunca, por lo menos en mi presencia.

Se oyen latigazos. También se oyen los quejidos amortiguados por la mordaza de mi padre. ELLA *y* YO *nos incorporamos y vamos a la puerta de la celda. Ella oye con avidez, abriendo mucho los ojos y con una mueca histérica. Los latigazos se oyen fuertes durante largo rato. Mi padre se queja. Por fin, cesan los latigazos y los quejidos de mi padre.*

YO.—*(A punto de llorar, le digo a mi madre.)* Tú eres la culpable de que torturen a papá.

COMANDANTE JOTEFÓN.—*(Violentamente.)* Cállate. No atormentes a tu madre.

ELLA.—Déjale, déjale. Déjale que me insulte. Bien sé que, si no estuvieras delante, me pegaría. Pero es un cobarde y te tiene miedo, sólo eso le retiene. Él es muy capaz de levantar la mano sobre su madre, lo veo en sus ojos. Siempre lo ha intentado.

Fuerte quejido de mi padre. ELLA *hace una mueca que es casi una sonrisa. Silencio.*

ELLA.—Vamos a ver a mi pobre maridito. Vamos a

ver cómo sufre. Porque, sin duda, le habrán hecho muchísimo daño.

Muecas de ELLA. *Silencio.* ELLA *se acerca a la celda de castigo, entreabriendo la puerta, inspecciona el interior sin pasar el umbral.*

ELLA.—*(Habla a mi padre, que está dentro de la celda y al que, por lo tanto, no vemos ni el* COMANDANTE JOTEFÓN *ni* YO.*)* Estos verdugos te tienen que haber hecho mucho daño. ¡Pobre hombre! ¡Cuánto tienes que haber sufrido y cuánto te tienen aún que hacer sufrir! Mi pobre marido.

Mi padre, impedido por la mordaza, intenta gritar.

ELLA.—No te pongas así. Lo mejor es que lo tomes con paciencia. Piensa que sólo has comenzado a sufrir. Ahora no puedes hacer nada, estás atado y con la espalda llena de sangre. No puedes hacer nada. ¡Cálmate! Además, todo esto te ayudará, te enseñará a tener voluntad de la que siempre careciste.

ELLA, *por fin, pasa el umbral y entra en la celda.*

VOZ DE ELLA.—*(Habla como si estuviera en una iglesia, pero en un tono muy fuerte.)* Eres culpable.

Mi padre, impedido por la mordaza, sólo logra emitir algunos ruidos. Se oye murmurar a ELLA *histéricamente.* YO *estoy muy excitado.* ELLA *aparece de nuevo.*

ELLA.—El pobre sufre mucho, no tiene paciencia, nunca la tuvo.

Quejido de mi padre.

YO.—Deja a papá. No sigas. ¿No ves que le atormentas?

ELLA.—Es él quien se atormenta. Él sólo, sin motivo. *(De nuevo habla a mi padre a través de la puerta.)* Bien veo que te estás atormentando tú sólo. Bien veo que lo que yo te digo te irrita. *(Pausa.)* ¿Quién puede estar más pendiente que yo de tus dolores? Siempre que sufras me tendrás a tu lado. Tú te has portado mal y lo que debes hacer es aceptar con paciencia el castigo, tu merecidísimo castigo. Aún debes dar las gracias a los verdugos de que te traten con tantos miramientos. Si fueras un hombre normal, justo y humilde, les darías las gracias a los verdugos; pero tú siempre has sido un rebelde. No te creas que ahora estás en casa, donde hacías lo que querías, ahora estás en manos de los verdugos. Acepta el castigo sin rebeldía. Es la purificación. Arrepiéntete de tus culpas y promete no volver a las andadas. Y, sobre todo, no te atormentes pensando que yo me alegro de tus castigos.

Fuerte quejido de mi padre.

YO.—¿No oyes cómo se queja? ¿No te das cuenta de que le estás haciendo sufrir? Déjale en paz.

COMANDANTE JOTEFÓN.—Te he dicho que no hables así a tu madre.

ELLA.—Que me hable como quiera. Ya estoy acostumbrada. Éste es mi papel: preocuparme por ellos, por él y por papá, que no se lo merecen y que ni siquiera me lo agradecen.

Quejido de mi padre.

YO.—¡Papá! ¡Papá!

ELLA.—Sigue quejándose. Eso es señal de que le hacen daño las heridas de los latigazos que le han dado en la espalda, y las rozaduras de las cuerdas que le atan manos y pies.

Abre el cajón de la mesa. Busca dentro de él. Después pone sobre la mesa un frasco de vinagre y un salero que ha encontrado.

ELLA.—Esto me viene muy bien. Le echaré sal y vinagre sobre las heridas para impedir que se infecten.

Un poco de vinagre y de sal sobre las heridas le irá de perlas. *(Con entusiasmo histérico.)* ¡Un poco de sal y vinagre! Sólo un poquito en cada herida.

YO.—No hagas eso.

ELLA.—¿Es así como quieres a tu padre? Tú, que eres su ser predilecto, es así como le tratas. Tú, precisamente tú. ¡Mal hijo! Tú, que bien sabes que los verdugos le pegarán hasta matarle, es ahora cuando le rechazas y cuando ni siquiera me permites que cure sus heridas.

ELLA, *con la sal y el vinagre en la mano, va hacia la celda de castigo.*

YO.—No, ¡no le eches sal! De todas formas, van a matarle, déjale tranquilo, no le aumentes los dolores.

ELLA.—Eres ¡tan joven!, no conoces nada de la vida, no tienes experiencia. ¿Qué hubiera sido de ti sin mí? Para ti la vida ha sido siempre muy fácil. Yo te lo he dicho. Estás acostumbrado a que tu madre te dé todo lo que quieres. Acuérdate siempre de mis palabras. Son las palabras de una madre y una madre no vive nada más que por su hijo. Respeta a tu madre. Respétala aunque nada más sea que por las canas que coronan su frente. Piensa que tu madre te lo hace todo por amor. ¿Cuándo tú has visto que tu madre haga algo por ella? Yo sólo he pensado en ti. Lo primero, mi hijo, luego mi marido. Yo no cuento para nadie y menos para mí. Por eso, hijo mío, ahora que voy a curar las heridas de tu padre no debes interponerte en mi camino. Otros hijos estarían besando el suelo que piso. Yo no te pido tanto; yo sólo te pido que sepas agradecer mi esfuerzo.

ELLA *se dirige hacia la celda de castigo con la sal y el vinagre.*

ELLA.—Voy a ponerle al pobre papaíto un poquitín de sal y vinagre sobre las heridas.

YO *cojo violentamente a mi madre por el brazo impidiéndole entrar en la celda.*

COMANDANTE JOTEFÓN.—No cojas a tu madre por el brazo.

ELLA.—Déjale que me pegue. Eso es lo que ha buscado siempre: pegarme. Ya ves cómo me ha dejado sus dedos señalados en mi débil brazo. Eso era lo que buscaba: pegarme.

COMANDANTE JOTEFÓN.—*(Irritadísimo.)* ¿Cómo te has atrevido a pegar a tu madre?

El COMANDANTE JOTEFÓN *trata de golpearme.* ELLA *se interpone violentamente entre nosotros dos, para que el* COMANDANTE *no me pegue.*

ELLA.—No, hijo. En mi presencia, no. *(El* COMANDANTE JOTEFÓN *se contiene de mala manera.)* Él me puede arrancar la piel si quiere, pero yo te ruego que no le pegues en mi presencia. No quiero que en mi presencia haya riñas entre vosotros. Él me ha pegado, pero yo le perdono. *(Fuerte quejido de mi padre.)* Sufre..., está sufriendo..., está sufriendo mucho. Tengo que ponerle vinagre cuanto antes. Ahora mismo.

ELLA *entra en la celda de castigo.*

VOZ DE ELLA.—Un poquito de sal y vinagre te irá muy bien. No te muevas, que no tengo mucho. Así, así.

Lamento de mi padre.

ELLA.—Eso es, así, así, un poquito de sal ahora.

Quejido de mi padre.

YO.—*(Gritando.)* ¡Papá!

VOZ DE ELLA.—Eso es, un poquito más. Así, un poquito más. *(Hablando con la respiración entrecortada.)* No te muevas. Así, otro poquito.

Lamento de mi padre.

VOZ DE ELLA.—Eso es, otro poquito, así, así. Esto te vendrá muy bien.

Quejido de mi padre.

VOZ DE ELLA.—Lo último. Así.

Quejido de mi padre.

VOZ DE ELLA.—Ya no me queda más.

Largo silencio. Fuerte quejido de mi padre.

VOZ DE ELLA.—A ver, a ver, ¿cómo tienes las heridas? Voy a tocarlas para ver cómo están.

Quejido muy fuerte de mi padre. YO, *burlando la vigilancia del* COMANDANTE JOTEFÓN, *entro en la celda.*

YO.—¿Qué haces? ¡Estás arañando sus heridas!

Saco de la celda a mi madre a empujones.

El COMANDANTE JOTEFÓN *se lanza sobre mí para pegarme.* ELLA *se interpone y nos separa a los dos.*

ELLA.—No, no. (*Al* COMANDANTE JOTEFÓN.) ¡Ay! Que me haces daño a mí. No le pegues. No quiero que le pegues.

COMANDANTE JOTEFÓN.—No voy a consentir que te maltrate.

ELLA.—Sí, déjale que me maltrate. Déjale, si eso le gusta. Déjale que me maltrate. Déjale. Él quiere que yo llore por sus golpes. ¡Qué martirio! ¡Qué calvario! ¿Por qué, Dios mío, tengo la desgracia de tener este hijo que no me quiere y que sólo busca un momento de debilidad mía para pegarme y para atormentarme?

COMANDANTE JOTEFÓN.—(*Colérico.*) Le voy a estrangular.

ELLA.—Cálmate. (*Abatida.*) ¡Qué calvario! ¡Qué calvario! ¡Dios mío! ¿Por qué me castigas así, Dios mío? ¿Qué he hecho yo para que me castigues de esta manera? No riñáis, hacedlo por esta pobre mujer que no deja de sufrir. Hacedlo por sus canas. (*Al* COMANDANTE JOTEFÓN.) Y si él no quiere compadecerse de mis dolores, tú, por lo menos, compadécete de mí y no me hagas sufrir. ¿O es que tú tampoco me aprecias?

El COMANDANTE JOTEFÓN, *conmovido, quiere decir algo,* ELLA *no le deja hablar y continúa.*

ELLA.—Sí, eso es, tú tampoco me aprecias.

COMANDANTE JOTEFÓN.—(*Conmovido.*) Sí, yo te quiero.

ELLA.—Entonces, ¿por qué añades más espinas a esta corona de dolor que llevo?

COMANDANTE JOTEFÓN.—Yo..., tú...

ELLA.—¿No ves mi dolor? ¿No ves mi inmenso dolor?

COMANDANTE JOTEFÓN.—(*A punto de llorar.*) Sí.

ELLA.—Gracias, eres mi paño de lágrimas. Eres el único consuelo que Dios me ha dado en la vida.

Se oye de nuevo el golpear de los verdugos sobre mi padre. Los tres escuchamos en silencio. Quejas de mi padre.

ELLA.—Otra vez le azotan... y le harán mucho daño... ¡Llora! ¡Llora!... está gimiendo, ¿verdad?... Sí, sí, gime, le oigo perfectamente.

Latigazos y gemidos.

Mi padre de pronto lanza un grito muy agudo.

Los verdugos siguen golpeando.

Mi padre ya no gime.

ELLA *va a la puerta y mira dentro de la celda.*

ELLA.—¡Le han matado! ¡Le han matado!

Silencio total.

YO *me siento.*

Apoyo la cabeza sobre la mesa. Silencio. Pausa larga.

Salen los dos hombres con mi padre atado como al comienzo..

Mi padre ha muerto, su cabeza cae, inerte.

ELLA.—*(A los dos hombres.)* Déjenme que le vea. Déjenme que le vea bien ahora que ya está muerto.

Los dos hombres, sin hacerle caso, cruzan la sala y salen por la puerta de la calle.

ELLA *y el* COMANDANTE JOTEFÓN *se sientan en torno mío. Me miran. Silencio.*

YO.—*(A* ELLA.) Han matado a papá por tu culpa.

ELLA.—¿Cómo te atreves a decir esto a mí, tu madre? A tu madre, que siempre se ha desvivido por ti.

YO.—*(Interrumpiéndola.)* No vengas con tus historias.

El COMANDANTE JOTEFÓN, *abatido, no interviene.*

ELLA.—Sí, hijo, como tú quieras. Si eso te satisface diré que soy yo culpable de su muerte. ¿Eso es lo que quieres?

YO.—No sigas con tus líos. *(Pausa.)* ¿Por qué te has portado de esa manera con papá? No podías reprocharle nada.

ELLA.—Eso es. Esto me lo esperaba yo desde siempre, de toda la vida. Encima de que tu padre se ha jugado su porvenir, y el de su hijo y el de su mujer al actuar...

YO.—*(Interrumpiéndola.)* ¿Qué es eso de que se ha jugado nuestro porvenir? ¿Qué nuevo invento es éste?

ELLA.—¡Ah! ¡Hijo mío! ¡Qué dolor! ¡Qué calvario! *(Pausa.)* Claro que se ha jugado el porvenir de su familia por sus caprichos. Él bien sabía que si seguía por el mismo camino acabaría tarde o temprano como ha terminado. Él bien lo sabía, pero no varió y continuó erre que erre. Cuántas veces se lo repetí. Cuántas veces le dije: «Me vas a dejar viuda y a tu hijo huérfano». ¿Pero qué hizo él? Él dejó aparte mis advertencias y siguió su culpable camino.

YO.—Eres tú la única persona que ha dicho que era culpable.

ELLA.—Sí, claro, ahora, no contento con haberme insultado durante toda la noche, vas a tacharme de mentirosa y vas a afirmar que levanto falsos testimonios. Es así como tratas a una madre que desde que naciste ha estado pendiente de ti. Mientras tu padre se jugaba el porvenir alegremente, yo he velado por tu felicidad y sólo he tenido un anhelo: hacerte dichoso, todo lo dichoso que yo no he podido ser. Porque para mí lo único importante es que tú vivas contento, todo lo demás no tiene importancia. Soy una pobre mujer ignorante y sin estudios que sólo desea el bien de su hijo cueste lo que cueste.

COMANDANTE JOTEFÓN.—(*Conciliador.*) Ahora ya no sirven para nada más las lamentaciones. Tu padre ha muerto, nada se puede hacer.

ELLA.—El capitán tiene razón.

YO.—La muerte de papá se podría haber evitado.

ELLA.—¿Cómo? ¿He sido yo la culpable? No. El culpable ha sido él, él mismo, tu padre. ¿Qué podía hacer yo? Yo soy una pobre mujer sin ninguna cultura y sin apenas instrucción que no ha hecho en su vida otra cosa que preocuparse por los demás olvidándose de sí misma. ¿Cuándo me has visto a mí comprarme un buen traje o ir al cine o a los estrenos de teatro que tanto me gustan? No, no he hecho nada de eso, solamente porque he preferido darme toda entera a tu padre y a ti. Sólo pido que no seas desagradecido y que sepas apreciar el sacrificio de una madre como la tuya.

COMANDANTE JOTEFÓN.—Yo valoro todo lo que has hecho por ellos.

ELLA.—Sí, sí, pero mi hijo no. A él aún le parece poco. No le basta. Qué felices podíamos ser si los tres estuviéramos unidos y juntos.

COMANDANTE JOTEFÓN.—Eso es, deberíamos compenetrarnos y vivir tranquilos los tres. Tu madre es muy buena, yo sé bien que ella te quiere mucho y te dará todo lo que necesites. Aunque sólo sea por egoísmo, únete a nosotros. Los tres viviremos felices y alegres queriéndonos.

YO.—Pero... *(Pausa.)* ... papá...

COMANDANTE JOTEFÓN.—Eso ya pasó, no mires atrás, lo que importa es el porvenir. Sería demasiado tonto que sólo nos fijáramos en el pasado. Con tu madre sólo tendremos satisfacciones. Todo lo suyo es para ti. ¿Verdad?

ELLA.—Sí, todo lo mío será para él. *(Heroica.)* Yo le perdono.

COMANDANTE JOTEFÓN.—Ya ves qué buena es; incluso te perdona.

ELLA.—Sí, yo te perdono y olvidaré todas tus injurias.

COMANDANTE JOTEFÓN.—¡Todo lo olvidará! Esto es lo que importa. Así viviremos sin rencores los tres juntos: tu madre, tú y yo. ¿Qué puede haber más bonito?

YO.—*(A medio convencer.)* Sí, pero es que...

COMANDANTE JOTEFÓN.—No seas rencoroso, aprende de tu madre. Ella, que tiene motivos para no perdonarte, ha prometido olvidarlo todo. Seremos felices si tu quieres ser bueno.

YO *agacho la cabeza conmovido. Largo silencio. El* COMANDANTE JOTEFÓN *pone el brazo sobre mi hombro.*

COMANDANTE JOTEFÓN.—Dale un beso a tu madre. *(Silencio.)* Dale un beso sin rencor.

YO *me acerco a* ELLA *y la beso.*

ELLA.—¡Hijo mío!

COMANDANTE JOTEFÓN.—Pide perdón a tu madre.

YO.—(*Casi llorando.*) Perdóname, mamá.

ELLA *y* YO *nos abrazamos. El* COMANDANTE JOTEFÓN *se une a nosotros y los tres quedamos entrelazados.*

VICISITUDES PENALES Y PENITENCIARIAS DE FERNANDO RUIZBAL

Meses después de la operación de pulmón, Fernando David pasó un mes a veinte kilómetros de Burgos. En una modestísima pensión.

Había concebido la idea (*«descabellada»*... se dijo) de consultar los archivos de la Cárcel de Burgos. En verdad, muy pocas esperanzas albergaba de que le facilitaran el permiso necesario.

Y, sin embargo..., consiguió entrar al interior de la prisión. De la manera más sencilla. Los guardianes le abrieron las diversas verjas de hierro que protegían la entrada. Atravesó un patio, recorrió varios pasillos angostos siempre acompañado por un funcionario. Y por fin llegó a las oficinas.

En ella le trataron con una cierta cordialidad. Le sorprendió porque no la esperaba. Sin darle la menor importancia le permitieron consultar el *expediente de Fernando Ruizbal.*

Es un conjunto de hojas manuscritas titulado:

VICISITUDES PENALES Y PENITENCIARIAS
DE
FERNANDO RUIZBAL

En él figuran las siguientes entradas (casi todas debidamente firmadas por un oficial y el subdirector de la cárcel y con el visto bueno del director):

(Telegrama):
2 de junio de 1939.
JEFE DEL SERVICIO NACIONAL DE PRISIONES.
CON ESTA FECHA INTERESO CONDUCCIÓN A ESA CAPITAL (Burgos) PARA SU INGRESO EN ESE ESTABLECIMIENTO DEL RECLUSO FERNANDO Ruizbal.

7 de junio de 1939.
Año de la Victoria.
Al Sr. Director de la Prisión Central de Burgos.
En el día de la fecha y acompañado de la fuerza conductora sale de esta Prisión para su ingreso en la de su merecido mando el ex teniente de Infantería

don FERNANDO Ruizbal

en virtud de orden telegráfica de la Jefatura Nacional de Prisiones, de dos del actual, para seguir extinguiendo en ese establecimiento la condena impuesta, significándole no deja pendiente en ésta ninguna otra responsabilidad, rogándole acuse recibo de su ingreso y documentación que se indica al margen.

Al mismo tiempo le manifiesto que en tiempo oportuno fueron remitidas a la Jefatura Nacional las fichas del Registro Índice y fisiotécnica juntamente con relación triplicada según está ordenado.

El citado individuo ha sido vacunado de la antivariolosa.

Dios guarde a V.S. muchos años.

7 de junio de 1939.

Año de la Victoria.

Al Director de la Prisión Central de Burgos.

¡Saludo a Franco!

¡Arriba España!

Conducido por la Guardia Civil, remito a disposición de V.S. el recluso FERNANDO Ruizbal conforme interesa la Jefatura del S.N. de Prisiones. De su llegada ruego a V.S. se sirva darme aviso.

Dios guarde a V.S. muchos años.

Por Dios, España y su Revolución Nacional Sindicalista.

8 de junio 1939.

Fernando Ruizbal ingresa [en la Prisión Central de Burgos] en cumplimiento a una orden de la Jefatura del Servicio Nacional y al objeto de cumplir condena de reclusión perpetua y accesorias, participándose a las autoridades correspondientes.

Telegrama 8 de septiembre de 1941.

DTOR. GRAL. PRISIONES.

A BURGOS.

PROCEDA URGENTE TRAMITACIÓN EXPEDIENTE LIBERTAD CONDICIONAL RECLUSO FERNANDO RUIZBAL AL QUE LE HA SIDO PROPUESTA LA PENA DE SEIS AÑOS Y UN DÍA.

9 de septiembre de 1941.

Propuesta de conmutación y petición de informes.

Se recibe un telegrama de la Dirección General de Prisiones participando que este penado ha sido propuesto para la pena de seis años y un día.

A efectos del Decreto de 1.° de abril último se cursan telegramas a las autoridades locales de Melilla, en que residió con anterioridad al Movimiento como oficial del Batallón de Cazadores de Melilla.

Tales datos son aportados del testimonio de sentencia y de las manifestaciones que hace ante esta oficina el penado Antonio D. R., que ha tenido trato con el penado de este expediente y es conocedor de todos estos detalles.

18 de octubre de 1941.

Informada favorablemente por la Comisión Provincial de Libertad Condicional, la propuesta tramitada a este penado se eleva a la superioridad para su (...).

Burgos, 19 de octubre de 1941.

El Director que suscribe tiene el honor de informar a V.E., con motivo de la propuesta de libertad condicional que se eleva a favor del penado FERNANDO RUIZBAL, los siguientes hechos:

Que esta Dirección, al iniciar la propuesta se dirigió a la esposa de dicho penado para que expusiera a la misma sus deseos, con respecto a la situación en que haya de quedar al ser puesto en libertad condicional. Únense minutas de las cartas que se han recibido de la esposa.

A la vista de la documentación que se aporta, esta Dirección, no siendo su competencia el lugar en que deba verificarse su liberación condicional, ha creído conveniente oír a la esposa, para que sobre la petición que hace y lo que estime de justicia la superioridad, pueda ésta resolver definitivamente sobre su situación el día en que sea puesto en libertad condicional.

2 de noviembre de 1941.

Se recibe telegrama de la Dirección General de Prisiones disponiendo la libertad condicional del titular de este expediente.

Se interesa al Excmo. Sr. Gobernador Civil de la Provincia, a la liberación de este penado en tanto que su esposa delibera y en caso contrario sea recluido en un manicomio.

4 de noviembre de 1941.

PRISIÓN CENTRAL DE BURGOS.

Con la aprobación ministerial, le han sido concedidos los beneficios de libertad condicional provisional de conformidad con el Decreto de 1.° de abril de 1941 al penado Fernando RUIZBAL, en virtud de la orden telegráfica de la Dirección General de Prisiones.

El citado penado, que fija su residencia en Burgos, calle (Hospital Provincial), provincia de Burgos, hasta tanto sea licenciado definitivamente, viene obligado a ir directamente al lugar designado, y, tan pronto llegue, personarse ante las autoridades locales, jefe de la

F.E.T. y de las J.O.N.S., Alcalde Presidente del Ayuntamiento y Jefe de la Guardia Civil de la demarcación respectiva, no pudiendo cambiar de residencia sin permiso del Director que suscribe, y a dirigir a esta Dirección, por conducto del Director o jefe de la Prisión de su domicilio, o, en su defecto, de la Autoridad Gubernativa, UNA CARTA MENSUAL, en la que expresará si se halla colocado y remuneración que percibe por su trabajo.

En lo demás gozará de una libertad igual a la del resto de los ciudadanos libres, si bien se le recomienda que su conducta sea fiel reflejo de la que observó en este establecimiento, en la seguridad que con ello alcanzará su libertad definitiva y se hará acreedor al aprecio de cuantas personas le rodeen en su trato y trabajo, desenvolviendo sus actividades, a la par que en beneficio propio, en bien del Nuevo Estado Nacional que le protege.

(Huellas dactilares del pulgar derecho e índice derecho.)

(Fdo.: El Director)

Burgos, 4 de noviembre de 1941.

Al Sr. Director del Hospital Provincial.

Interesado el Excmo. Sr. Gobernador Civil de esta provincia por el internamiento en el Hospital Provincial del penado FERNANDO RUIZBAL, en el día de la fecha se hace entrega del mismo.

Al citado penado le han sido concedidos los beneficios de libertad condicional por telegrama de la Dirección General de Prisiones.

Su esposa, con la que ha sostenido correspondencia esta Dirección, vive en Madrid, calle (...), extremos que comunico a V.S. a los efectos que se deriven de su nueva situación.

Fernando Ruizbal, en cuanto a responsabilidad, ninguna deja en este Establecimiento, ya que, de haber dispuesto de un domicilio, hubiera sido puesto en libertad.

Fdo.: El Director de la Prisión Central de Burgos.

Burgos, 4 de noviembre de 1941.

DIRECTOR PRISIÓN CENTRAL A DIRECTOR GENERAL PRISIONES.

Cumpliendo orden telegráfica V.E. fecha primero actual, en el día de hoy es puesto en libertad condicional provisional sin destierro el penado FERNANDO RUIZBAL, que es entregado a funcionarios Hospital Provincial esta ciudad. Queda a la disposición sus familiares.

(Fdo.: El Director)

Burgos, 4 de noviembre de 1941.

COMISIÓN GESTORA.

Ruego a Vd. tenga a bien hacer entrega al dador del presente oficio, funcionario de la Casa de la Caridad, del recluido en esa Prisión y que ha sido puesto en libertad, Fernando Ruizbal, con el fin que quede recluido a disposición de su esposa, en el Pabellón de observación del Hospital Provincial, así como de la documentación necesaria que obre en esa Prisión.

Por Dios, España...

(Fdo.: El Presidente)

4 de noviembre de 1941.

Libertad Condicional Provisional.

Personado en esta Prisión un empleado del Hospital Provincial de esta ciudad, es entregado al mismo, para su conducción, el penado titular de este expediente, haciéndose entrega, asimismo, de la cédula de liberación correspondiente.

Se participa a las Autoridades, Registro Índice y fichero Fisiotécnico.

Burgos, 4 de noviembre de 1941.

El Jefe de Servicios dispondrá que los Sres. Funcionarios de servicio en el Rastrillo y Puerta principal de la Prisión, permitan la salida, previamente identificado, del penado Fernando Ruizbal, que marcha en libertad condicional provisional, en virtud de orden de la Superioridad. (Entregado a un empleado del Hospital Provincial de esta ciudad), devolviendo la presente una vez cumplimentada.

Año de la Victoria.

(Fdo.: El Director)

Sr. Jefe de Servicios.

Cúmplase lo que la presente ordena.

(Fdo.: El Jefe de Serv.)

Cumplimentada.

(Fdo.: El Rastrillo)

(Fdo.: El Serv. de Pta. Princip.)

Me hice cargo.

(Firma ilegible)

Burgos, 4 de noviembre de 1941.

Hospital Provincial de Burgos

En el día de hoy, procedente de la Prisión Central de esta ciudad, ha tenido ingreso en la Sección de observación de este Hospital Provincial, el penado FERNANDO RUIZBAL, al cual le han sido concedidos los beneficios de la libertad condicional.

(Fdo.: El administrador)

El expediente también contenía, entre otros, estos documentos y cartas escritas antes y después de la fuga (el 29 de diciembre de 1941) de Fernando Ruizbal:

Madrid, 14 de octubre de 1941.

Señor Director de la Prisión Central de Burgos

Muy señor mío:

Para poder conseguir que mi marido, el ex teniente FERNANDO RUIZBAL, cumpliendo condena en ese Penado, pueda pasar, el día que salga, a un manicomio militar, desearía que le comuniquen al Capitán General de esa Región la enfermedad que padece.

Es evidente que no puede estar un enfermo mental en prisión común. Notificación que harían para que el Capitán General tomase las medidas oportunas.

Además, quiero pedirle otro favor, y es que me comunique su resolución para ver la forma de arreglar el manicomio donde ha de ir mi marido el día que salga liberado de ahí, que, como Ud. ya sabe, está próximo.

Ud. sabrá disculpar estas molestias, al darse cuenta de la situación que las circunstancias me han traído.

Le anticipa las gracias y le saluda

su afma.,

Madrid, 11 de noviembre de 1941.

Señor Director del Hospital Provincial

Muy señor mío:

Hoy que pregunto por mi marido, FERNANDO RUIZBAL, por teléfono, me encuentro que en la Prisión me dicen que ya ha sido puesto en libertad y trasladado a ese Hospital a la sala de Observación.

Vd. me dispensará si me dirijo a Vd. para rogarle me diga cuál es la opinión de los médicos que lo observan en ese Hospital y dónde sería llevado si, como espero, el resultado de los estudios efectuados en su enfermedad dieran por resultado el diagnóstico que se trata de enfermo mental incurable.

Como me interesa saber esto, necesito por ello averiguar, como le digo con relativa urgencia, cuál es la opinión de los médicos que lo ven y querría también saber dónde sería mandado después del tiempo de observación.

Vd. disculpará mi atrevimiento al darse cuenta de mi situación, que no me permite hacer gastos de viaje, pues vivo con mi módico sueldo, con el que tengo que mantener a mi hijo al que el destino le ha puesto en la triste situación de no tener más amparo que el trabajo de una madre, que además no se había visto nunca en la necesidad de tener que trabajar.

Le anticipa las gracias y le saluda
su afma.,

Madrid, 3 de diciembre de 1941.

Sr. Director de la Prisión Central de Burgos

Muy señor mío:

Supongo en su poder una carta mía en la que le interesaba un certificado con el que podría cobrar los atrasos pendientes del tiempo que mi marido, el ex teniente Fernando RUIZBAL, ha estado preso. Como aún no me los han mandado, temo que mi anterior se haya extraviado y por ello vuelvo a insistir sobre ello. Ya comprenderá Vd. la falta que me están haciendo y la pena que sería perder estos derechos solamente por la falta del certificado de Vd.

Soy la mujer del ex teniente FERNANDO RUIZBAL, que hasta el día 4 de noviembre estuvo en esa Prisión.

Dándole las gracias y rogándole me perdone tanta molestia, le saluda

su afma.,

Burgos, 11 de diciembre 1941.

CERTIFICO:

Que el penado, actualmente en situación de libertad condicional sin destierro, FERNANDO RUIZBAL, permaneció en este establecimiento desde 13 de marzo de 1939 al 4 de noviembre último, en que le fueron aplicados los beneficios de libertad condicional. Dicho penado fue sentenciado a la pena de reclusión perpetua en causa núm. 359-1936 de la plaza de Ceuta por el delito de rebelión militar y actualmente se halla propuesto para la pena definitiva de seis años y un día, por virtud de la cual disfruta de los beneficios de libertad condicional, existiendo constancia en su expediente penal de tener asignada pensión alimenticia de tres pesetas diarias, como «pobre de solemnidad», de acuerdo con lo que dispone la Orden Circular de 19 de noviembre de 1935 (D.O. núm. 270).

Y para que conste y a petición de parte interesada, expido la presente, que visada por el Sr. Director firmo en Burgos a once de diciembre de 1941.

V.°B.°: EL DIRECTOR

Madrid, 17 de diciembre de 1941.

Señor Director del Hospital Provincial

Muy señor mío:

Recibo su escrito del 11 del actual y en su contestación me permito rogarle que estando pendiente de información una instancia que he dirigido al Gobernador Militar de esa Plaza, en la que solicito que mi marido,

FERNANDO RUIZBAL, sea trasladado a un manicomio militar, y estando informada que la contestación será pronto y favorable, le ruego que, si puede ser, siga en ese establecimiento hasta que esto se resuelva.

Si Vds. no pueden acceder a este mi ruego, como yo no tengo bienes ni puedo, por mis ocupaciones, cuidarlo, si llega el día de tenerlo que sacar de ahí, mándenlo Vds. al Manicomio que le corresponda, pues yo, como le digo, no puedo de ninguna manera hacerme cargo de él, pues para hacer frente a las necesidades de mi hijo tengo que trabajar todo el día fuera de casa.

Muchísimas gracias por todo, y le saluda
su afma.,

9 de enero de 1942.
Muy distinguida señora mía:
Participo a Vd. que el día 29 del pasado mes de diciembre

SE FUGÓ SU ESPOSO

del Pabellón de dementes en observación de este Hospital y cuya fuga no he comunicado a Vd. antes por evitarle el consiguiente disgusto, ya que esperaba que, por haber dado cuenta a la policía, fuese detenido bien en la población o en sus cercanías y reingresado de nuevo en el Pabellón. Como los días transcurren sin haber sido detenido, he de comunicárselo a fin de que realice las gestiones que crea oportuno para dar con su paradero y poder llevarle al manicomio que tenga por conveniente, ya que aquí no podrá volver por estar destinado este Departamento únicamente a enfermos mentales naturales de la provincia, donde son observados, conduciéndoles después a los manicomios con los que la Diputación tiene concierto.

Atentamente, la saluda su afmo. s. s. q. b. s. m.,

Madrid, 13 de enero de 1942.

Señor Administrador del Hospital Provincial.

Muy señor mío:

Recibo su carta del 9 del actual en que me comunica haberse marchado de ese Establecimiento

mi esposo, FERNANDO RUIZBAL.

Después de hechas las averiguaciones necesarias, me entero que aquí, en Madrid, no ha aparecido. Como habrán puesto todo su empeño, por ser cosa de Vds., por averiguar su paradero, espero que ya estará de nuevo reingresado en ese hospital.

Lo que desearía es que, como Vds. dicen que ahí no puede seguir, me comuniquen el Manicomio donde ha sido llevado.

Dándole las gracias por todas sus atenciones, y rogándole me comunique lo antes posible lo que le intereso, le saluda

su afma.,

Madrid, 12 de febrero de 1942.

Señor Administrador del Hospital Provincial.

Muy señor mío:

No sabe lo que me extraña no tener noticias suyas, como habíamos quedado por teléfono, ya que no me dice nada sobre

mi marido, FERNANDO RUIZBAL

puesto que si algo supiera, creo firmemente que me lo hubiera comunicado, al menos mandándome las pesetas que ahí quedaron. Como el dinero me hace falta para unas investigaciones que ahora quiero hacer, para ver si así tengo más suerte y puedo saber algo más concreto de lo que hasta ahora sé, vuelvo a rogarle que me gire el susodicho dinero.

Esperando sepa Vd. perdonar tanta molestia, comprendiendo mi situación angustiosa y mi nerviosismo constante, le saluda anticipándole las gracias

su afma.,

Madrid, 26 de octubre de 1942.

Señor Administrador del Hospital Provincial.

Muy señor mío:

Soy la mujer de Fernando RUIZBAL

el cual estuvo en ésa los meses de noviembre y diciembre del año pasado y que, según Vd. mismo me dijo, se había marchado de ese Establecimiento a fines de diciembre ppdo. Como yo estoy plenamente convencida

de su FALLECIMIENTO

ruego a Vd., en la seguridad que me dirijo a un caballero cristiano, que vea la forma de remitirme, lo antes posible,

el certificado de su defunción

puesto que forzosamente tuvo que ocurrir ella en esa población.

Es cosa que Vd. no puede suponer la falta tan atroz que me está haciendo.

Vuelvo a repetirle que confío en su caballerosidad y espero que sin tener que molestar a mis Jefes del Ministerio del Aire, al darse cuenta Vd. de mi situación, ponga el máximo interés para que este certificado me sea remitido con urgencia.

Por ello de todo corazón le da las gracias anticipadas,

su afma.,

19 de noviembre de 1942.

Muy distinguida señora mía:

Recibí su atenta última carta y me doy perfecta cuenta de su situación y conmovido ante sus poderosísimas razones, he tratado de averiguar si aparecía inscrito su esposo como fallecido en el Registro Civil de esta capital. Y que V. supone que ha tenido que fallecer y que la defunción ha de haber ocurrido aquí, y no he podido averiguarlo porque me han dicho que sin datos de la fecha aproximada del fallecimiento no pueden echarse a buscar la inscripción en todo un año, máxime no teniendo la seguridad de que el fallecimiento haya ocurrido.

También he vuelto a entrevistarme con la policía, donde me informan que la Dirección General con fecha 21 de marzo del corriente año publicó una Orden general decretando

LA BUSCA Y CAPTURA de su esposo, el teniente FERNANDO RUIZBAL,

y me dijeron que podía V. pasarse por dicha Dirección por si le pueden facilitar alguna noticia, aunque suponen que, al no haber sido anulada dicha orden, es prueba de que no ha sido hallado.

Lamento mucho su triste situación y deseo vivamente que Dios permita que pronto logre averiguar el paradero de su esposo. ¿No pudiera ocurrir que se hallase escondido acaso en algún otro lugar? ¿Por qué no hace V. esta gestión?

Respetuosamente le saluda
su atto. s. s. q. b. s. m.,

Madrid, 16 de diciembre de 1942.
Señor Administrador del Hospital Provincial.
Muy señor mío:

Otra vez vuelvo a dirigirme a Vd. para molestarle; pero ¿verdad que Vd. se hace cargo de que soy madre y en bien de mi hijo debo hacer todo lo posible? Decía Vd. en su carta que le dijera la fecha del fallecimiento

de mi marido, FERNANDO RUIZBAL,

y eso son Vds. más que yo quienes pueden deducirla, pues un hombre sin recursos, sin documentación, desconociendo el terreno, con sus facultades mentales perdidas, ¿dónde iba a ir para que ni la Guardia Civil, a la que Vds. avisaron, según me dijeron, ni nadie lo encontrara? Pocos pudieron ser sus días en vida tras la fecha de 29 de diciembre del año pasado. Vds. con la mano en la conciencia pueden hacer esa

FE DE DEFUNCIÓN

que tan necesaria me es para el porvenir de mi hijo y para su presente.

Como siempre me ha demostrado que es un caballero de conciencia y buen corazón, espero confiada su carta en breve y el documento tan necesario.

Le anticipa las gracias y espera con ansia sus noticias

su afma.,

Madrid, a 3 de septiembre de 1943.

Sr. Administrador del Hospital Provincial.

Muy señor mío:

Siéndome necesario para la concesión de la pensión que por desaparición de

mi marido, FERNANDO RUIZBAL,

pueda corresponderme, le ruego encarecidamente me remita un certificado en el que conste que mi marido se evadió de ésa, haciendo constar el día que esto ocurrió.

Mucho le agradeceré que Vd. ordene que este escrito se me hiciera con la máxima rapidez.

Gracias anticipadas de
su afma.,

9 de octubre de 1943.

Muy distinguida señora mía:

Me complazco en remitir a Vd. adjunto el certificado que me tiene interesado y celebraré infinito que el mismo le sirva para el fin que persigue. Atentamente le saluda y se reitera de Vd. suyo afmo. s. s. q. b. s. m.,

Madrid, a 28 de octubre de 1943.

Sr. Director del Hospital Provincial.

Muy señor mío:

Agradeceré a Vd. mucho se dirija a través de su Establecimiento al Jefe Superior de Policía de Madrid, con quien estoy de acuerdo, un escrito en que se recabe de dicha Autoridad la expedición de un certificado en el que conste que las gestiones practicadas por los funcionarios afectos a aquel Servicio para hallar el paradero del teniente, que fue, de Infantería DON FERNANDO RUIZBAL, hospitalizado en ese Centro benéfico hasta el día 29 de diciembre de 1941, en que se fugó de él, han sido totalmente infructuosas; escrito que, si no tiene inconveniente, puede remitirme a mí, para que yo a mi vez lo haga en persona al Jefe Superior de Policía.

Este certificado lo necesita su señora doña..., que presta sus servicios como funcionario civil, a mis órdenes, en la Secretaría de esta Dirección General, por lo que le quedaría muy agradecido.

Aprovecha esta oportunidad para ofrecerse de Vd. atento s.s., que le saluda y q. e. s. m.

Fdo.: R. W. S.

Director General de Personal del Ejército del Aire.

Madrid, a 10 de diciembre de 1943.

Sr. Administrador del Hospital Provincial.

Muy señor mío:

Supongo que al recibir ésta pensará Vd., no sin razón, que ya es mucha la lata que le estoy dando, pero yo sé que, al darse cuenta de mi situación, esto que piensa Vd. de momento se le olvida y procurará, de nuevo, complacerme.

Esta vez desearía que me remitiera un certificado del Jefe Superior de Policía, diciendo que no han dado resultado las pesquisas hechas en averiguación de la búsqueda tras la fuga de

mi marido, FERNANDO RUIZBAL.

Le ruego de nuevo que me perdone las molestias y con las gracias anticipadas, le saluda al mismo tiempo que le recuerda que este documento me es muy urgente,

su afma.,

Madrid, a 4 de febrero de 1944.

Sr. Administrador del Hospital Provincial.

Muy señor mío:

Dirá Vd., y con razón, que hacía ya mucho que no recibía Vd. mis noticias, pidiéndole algún papelote, y efectivamente hoy vuelvo a hacerlo, para pedirle me envíe, con toda urgencia, copia sellada y firmada por Vd. del certificado en el que conste el día que desapareció, o más bien que se fugó de ese Hospital,

mi marido FERNANDO RUIZBAL,

por lo que, como siempre, le quedaré muy agradecida.

Y por tantas molestias queda de Vd.

afma. y agradecida,

Madrid, a 7 de diciembre de 1945.

Sr. Administrador del Hospital Provincial.

Muy señor mío:

Hacía ya mucho tiempo que no molestaba a Vd. con mis ruegos. Pero hoy me surge, nuevamente, el tener que recurrir a Vd., como lo hago, para pedirle dos cosas.

Primera. No sé si Vd. sabe, pero a mí me consta, que

mi marido FERNANDO RUIZBAL,

intentó quitarse la vida, de la única forma que tenía a su alcance en aquella Prisión, dejando de comer, por lo que tuvo que ser inyectado para suplir la falta de alimento que se negó a tomar durante un tiempo bastante largo.

Necesito, como le digo, un certificado expedido en términos que no quepa lugar a duda de su intento de suicidio, y como yo no conozco al Jefe de esa Prisión, desearía que Vd. le pidiera este escrito, que para mí me es tan interesante.

Al mismo tiempo desearía que por su Hospital se me expidiera otro en el que también conste su intento de suicidio tratando de tirarse por las ventanas de ese Centro. En estos dos escritos, cuanto más se *remache la nota* (como vulgarmente se dice) de sus intentos de suicidio haciendo constar que ello ocurrió más de una vez, etc., más surtirán los efectos para los que me son necesarios.

Gracias anticipadas, con el ruego de que me mande estos escritos lo antes posible, con un saludo de

su afma.,

Burgos 3 de enero de 1945.

Muy señora mía:

EL CERTIFICADO QUE PIDE SOBRE EL INTENTO DE SUICIDIO de su marido, Fernando Ruizbal, no se le puede expedir, ya que oficialmente en el expediente penal del interesado no consta que intentase suicidarse.

Le saluda atentamente,

(Fdo.: Director de la Prisión Central de Burgos)

8 de febrero de 1945.

Muy distinguida señora mía:

Hasta hoy no he recibido contestación del Sr. Director de la Prisión Central de esta capital, con quien me une una buena amistad, y al cual remití su atenta última carta, recomendándole extendiese el certificado que en ella V. interesaba, si era posible, y en su contestación me envía un resumen del expediente de su marido en el que no consta que intentase suicidarse, motivo por el cual no puede extender el certificado que V. desea.

El Sr. Médico del departamento de observación de este Hospital tampoco está resuelto a hacer el certificado que V. pide, porque dice que suicidarse no intentó en ningún momento y

SU ÚNICA TENDENCIA ERA A FUGARSE.

Lamento mucho tener que darle tan desfavorables noticias y celebraré que no obstante eso consiga todos sus deseos.

La saluda atentamente su afmo.,

CORRESPONDENCIA DE FERNANDO DAVID CON SU MADRE Y CON EL COMANDANTE JOTEFÓN

CARTA DE FERNANDO DAVID A SU MADRE

Querida mamá:

¡Cuántas veces he intentado escribirte olvidándolo todo! Hoy acabo de cumplir treinta años. ¡Nada menos! ¡Cómo quisiera que rehabilitaras a papá! (Pero ¿quién soy yo para solicitar nada de nadie? y menos aún de ti). La esperanza perdura aún desvanecida entre la penumbra.

¡Cuán difícil me resulta quererte con aquel amor que durante años atavió de gozo y calma tantos instantes de mi infancia y adolescencia! A lo mejor tú misma me sigues queriendo como antes del día en que descubriera la tragedia de papá.

Respondes a mis preguntas con tu melodía preferida: «soy una pobre viuda...» , «mi salud es tan deficiente...», «yo no sé escribir como tú...» , «tú, ya de niño, a los diez años recibiste el premio nacional de superdotados, pero yo, ¡pobre de mí!...». La letanía te permite apartar el hosco rumor de las interrogaciones. A solas contigo misma la retahíla confortará tus descartes y regates.

Papá se yergue entre tú y yo en las ruinas del recuerdo.

Ya no puedo dejarme llevar, en andas y volandas, por aquel amor por ti de tan esbelta armonía. Nunca has desenmarañado el enigma. No he oído de tu boca ningún intento de elucidarlo. Como si te consideraras culpable, con un dedo en los labios.

Desde que le encalabozaron el 17 de julio de 1936 en el fuerte María Cristina de Melilla, te enfrentaste a él con inmenso afán. No recibió ni tu ayuda moral, ni material: ni cartas de consuelo, ni paquetes de comida. (¡Ojalá me confunda!) Abrumaste al hombre encarcelado, a orillas del olvido, repitiéndole: «Te has jugado el porvenir, el de tu mujer y el de tu hijo por la política».

Un guardián de la cárcel de Burgos (me lo presentaron como *Manolo)* se acuerda aún de tu comportamiento con él durante tus contadas visitas. ¡Ninguna a partir de diciembre de 1938! Se permitió recriminar tu actitud, en el limbo de la ignorancia, en términos tales que le pedí que se moderara.

Pude leer la carta que te envió el director de la cárcel de Burgos (Amideo Cuesta). Figura entre los documentos que escondes en la alacena como un dolor antiguo. Te pide, en ella, que trates a tu marido con comprensión... o que no le escribas tan «tremendas cartas». Para que en 1940 un director de prisión de la «nueva España» se atreviera a defender a un prisionero político en aquel rincón clausurado a la mansedumbre...

Con la boca amarga he leído otras cartas tuyas en las oficinas de la cárcel de Burgos. Pretendías en ellas que papá estaba trastornado. Tratabas de convencer, envuelta en humo, a la Administración. Para que cuando alcanzara la «libertad condicional» le encerraran de nuevo. Pero esta vez en un manicomio. ¡Cómo me apena escribir estas líneas! ¡Muéstrame, por favor, que me confundo!

Truncado tu encanto, un mes después de que papá se fugara trataste de movilizar a la policía para encontrar... su cadáver. Querías ser viuda, tener la prueba de que murió. Tan sólo diez meses después de su fuga reclamas con insistencia su certificado de defunción, su ataúd de papel.

Pero nadie pudo dar con su cadáver..., papá había desaparecido.

Me escondiste la verdad. Durante años me cubrió la sombra larga de creerme huérfano.

«No te he dicho que tu padre no había muerto para evitarte complicaciones con las autoridades.»

El Gobierno, la policía, los jueces, los vecinos, todo el mundo conocía la verdad. Sólo yo la ignoraba, recluido en las tinieblas. ¿Intentaste que papá muriera, sin musgo, en mi pensamiento?

Papá no se jugó el porvenir; se lo jugaron los que iniciaron el «alzamiento» y la guerra civil. La rebelión militar comenzó precisamente en Melilla (donde vivíamos) el 17 de julio de 1936. Papá tenía que elegir forzosamente, o permanecer fiel a sus ideas y abrazar la causa del gobierno legal de Madrid, o participar en una peligrosa y aleatoria rebelión. Prefirió (escuchando la voz de su honor y de sus convicciones) mantenerse leal al gobierno votado democráticamente. Si hubiera oído el ronco susurro del cálculo habría actuado de la misma forma.

Una parte importante del país no fue pasto del huracán. Y el pronunciamiento fracasó. Los rebeldes, acampados en el chasco, lo transformaron en incivil guerra civil. En tres años de combates encarnizados. Ocho días después de que comenzara la contienda, un alto funcionario hitleriano transmitió a su gobierno su escepticismo sobre el triunfo de los rebeldes.

[«... El desarrollo de la situación desde el principio de la revuelta muestra claramente un continuo aumento de fuerza y progreso por parte del Gobierno y parada y retroceso por parte de los rebeldes, cuya única amplia ofensiva a través de las montañas del Guadarrama en dirección a Madrid se detuvo y retrocedió, debido, sobre todo, a que no se llevó a cabo el avance rebelde desde el Sur, y el Gobierno pudo lanzar todas sus fuerzas contra los atacantes del Norte. Así, pues, la situación militar en general ha resultado considerablemente más favorable para el Gobierno.

»La fuerza comparada de ambos bandos, en lo que se refiere a moral y a propaganda, ha continuado igualmente a vencerse por el lado del Gobierno. Este último anuncia un programa que llega a grandes masas del pueblo: defensa de la libertad, progreso, lucha contra la reacción social y política. Sus defensores son políticos bien versados en todos los caminos de la demagogia, propaganda y retórica, que saben manejar Radio y Prensa con habilidad y tenacidad y que son capaces de ejercer una fuerte influencia sobre una población analfabeta en un 45 por 100, muy retrasada con relación al resto de Europa en lo que se refiere al desarrollo, y para la cual la fraseología democrática sigue teniendo atractivo. Sus contrarios son generales que no tienen conocimiento de esos recursos ni un programa claro y definitivo, aparte, quizá, del *slogan* de la lucha contra el comunismo. La comparación en el campo de la propaganda afecta también lo militar. Los miembros de la milicia roja están llenos de fervor combativo y fanático y luchan con excepcional valor, lo que provoca las correspondientes bajas. Éstas, sin embargo, son fácilmente cubiertas con la masa de la población, mientras que a los rebeldes, que tienen sólo sus tropas, les faltan generalmente esas reservas.

»Si no ocurre algo imprevisible es difícil esperar que en vista de todo ello triunfe la revuelta militar, pero la lucha seguirá probablemente por algún tiempo. Tengo la impresión de que la situación real no está generalmente reconocida en Alemania y que especialmente la Radio alemana la presenta excesivamente favorable a los rebeldes, probablemente debido a la influencia de las emisoras rebeldes, que deben considerarse veraces sólo hasta cierto punto. En varias ocasiones he notado informaciones muy poco veraces dadas por esas emisoras. Aconsejo instrucciones para orientación de Prensa y Radio.»

Schwedenman, 25 de julio de 1936
German Foreign Policy, D-III, pág. 13].

Cuando me llevaste a ver a papá en la cárcel de Melilla, te suplicó: «Lo único que quiero es besar a mi hijo». Se lo negaste. «No eres digno de ello.» La dirección del penal, rompiendo tu ritmo, te ordenó que no volvieras a verle en compañía de tu hijo. Dime, por favor, que me han mentido.

De niño tú me pedías que imitara a los vencedores, los que condenaron a mi padre. Para que no me encorvara me decías: «Ponte derecho como el general Moscardó».

En los años 1941, 42 y 43, la mayoría de los prisioneros políticos fueron indultados. Reconstruyeron sus vidas poco a poco. Yo podía haber tenido un padre, tras su liberación condicional en noviembre de 1941. Otra vida en mi vida.

«¿Para qué —dices— remover el pasado, para qué buscar a tu padre, para qué preocuparte de lo que le ha podido pasar? Sólo lo haces —afirmas— para zaherirme, para matarme a disgustos, a mí, pobre viuda...»

¿Pero por qué no tendría derecho a conocer su llama inolvidable?

Hace siete semanas me escribiste: «A tu padre le oí siempre esperar con ansia la llegada de la monarquía..., era un hombre de orden..., leyó siempre periódicos madrileños de derechas y *El telegrama del Rif* de la misma ideología». ¿Por qué no me lo dijiste durante mi infancia y adolescencia? Entonces me repetías que «era un extremista». Has cambiado de versión ahora cuando imaginas que mis ideas pudieran ser parecidas a las que le llevaron a la cárcel. Devuelves vírgenes los yerros de ayer.

Según tu nueva versión, ya no es un fanático político «cueste lo que cueste y caiga quien caiga», sino que «como fue detenido a las dos horas de iniciado el movimiento no tuvo materialmente tiempo de hacer nada en contra». ¿Por qué iba a «hacer algo en contra» el hombre «de orden» que ahora describes?

Sólo responde tu silencio cuando pido cartas, datos, nombres, fechas. En tu última carta, elocuente como el hollín, te proteges: «yo persona sin costumbre de estudios, ni de resolver problemas familiares... todo ello hará que sin duda falle la memoria en nombres que no soy capaz de recordar». No me proporcionas ni un solo dato, ni una sola fecha, ni un solo nombre. No te falla la memoria..., en lo que respecta a papá se diría que eres amnésica. Y, sin embargo, eres una mujer, felizmente lozana, despierta y con excelentes facultades mentales. Te pierdes, esbelta y joven, en la neblina.

En las pocas informaciones que me suministras, entre troncos oscuros, ¿haces lo posible por confundirme? Afirmas, por ejemplo, sin razón: «tenía siete hermanos».

Te refieres a uno de ellos en estos términos: «El hermano de tu padre, el tío Rafael, murió al empezar la guerra». Murió... En verdad, fue fusilado por los golpistas de Mallorca. ¿Querías que ignorara esta guirnalda?

Afirmas: «El único familiar con quien tuvo trato, en prisión, fue su hermano Ángel». Sin embargo, el tío Ángel me escribió poco antes de morir: «Pasé toda la guerra en el frente, al servicio del gobierno legal de Madrid, por lo que no pude escribirle al penal de Burgos que estaba en la zona "nacional". Una vez la guerra terminada, encarcelado yo en Barcelona y condenado a muerte, por motivos de censura, no llegamos a escribirnos ni una sola vez».

Tío Ángel me escribió que fue «un caso de conciencia» decidir si, después de lo «horriblemente mal» que te portaste con su hermano, podía dirigirte la palabra. Sólo consintió en hablar contigo, me dijo, porque era el único medio de ponerse en comunicación conmigo.

Nunca has puesto en duda que papá mereciera las dos sentencias que le condenaron: la primera, el 12 de agosto de 1936, a muerte, y la segunda, el 7 de mayo de 1937, a reclusión perpetua. Pero lo que te maravilla es «lo bien que le trató el Tribunal», «lo muy bien que se portó el defensor», «que la sentencia no decía nada en su contra».

Pretendes que era borracho... y que cogía tales borracheras que «todo Melilla» se enteraba. Todo Melilla... salvo los melillenses que he encontrado.

«Nunca supe los nombres de los directores de las prisiones en que estuvo.» Y, sin embargo, te carteaste con todos..., aunque asegures que: «nunca me dirigí a ellos».

He leído algunas de tus misivas, como estatuas de fango y sangre, en los archivos de la prisión de Burgos.

Repites a menudo la fórmula: «tu padre, que en paz descanse». Se yergue tu deseo por encima de la prueba.

«Era cariñoso conmigo, para contigo lo era menos, sin duda alguna». ¿Qué otro testigo de mi infancia africana podrá afirmar lo contrario? Sin embargo, no he olvidado las fotos que me hizo en Melilla. ¿No fui la persona a quien más retrató?

Tampoco olvido los regalos que me envió desde la prisión, y que tú camuflabas. Por ejemplo, aquella locomotora de juguete, que me construyó en el penal y que tú me «ofreciste» como habiéndola comprado tú misma en Salamanca..., hasta que, un día, la capa de pintura negra que habías puesto encima, comida por el sol, dejó aparecer un letrero: «Recuerda a papá». Intentaba comunicarse conmigo, a pesar de todo.

Desde el 17 de julio de 1937, ¿por qué no me diste ninguna de sus numerosas cartas y postales?

Me has repetido que en la cárcel *todos* dijeron que tenía perturbadas sus facultades mentales, «y yo pude comprobarlo la última vez que lo visité y esto lo certificaron los médicos y todo el personal que le rodeaba». El siquiatra que le trató y el único carcelero que aún queda de su época en Burgos desmienten tu afirmación. Padecía una «sicosis de prisión que desaparecería el día de su liberación». Se lleva el dolor como un nubarrón que a veces truena.

Das una sorprendente versión de su intento de suicidio en la «tremenda» prisión de Ceuta. «La provocó un banquete con copiosas bebidas...» ¡en el Penal del Hacho! Como de costumbre en estos casos das una segunda versión (¿cuál hay que elegir?): «una desavenencia con un compañero».

¿Has intentado que papá muriera sin renacer en imagen? No tuve derecho a ver sus fotografías. Tu celo llegó a tal extremo, que incluso cortabas su silueta en las fotos de conjunto. Aquellas fotos que me parecían de niño tan misteriosas, en las que, por ejemplo, en un café, aparecías tú sentada y yo en tus brazos..., y, al lado nuestro la figura recortada de un ausente. Su imagen perdida ¡a tijeretazos!

Con qué emoción contemplé (una sola vez en mi vida) los dibujos, acuarelas y óleos que realizó en Melilla y en la cárcel, el álbum de fotos, sus tarjetas, sus escritos... todos aquellos documentos secretos que descubrí a escondidas... en la alacena, arriesgando una paliza que me administrabas con aquel «metro» de madera con aristas de cobre.

No se razonaba en aquellos momentos de edén perdido durante la guerra civil y de la inmediata posguerra normalmente. No afirmo que una parte del país se hubiera vuelto loca... y, sin embargo, en los argumentos, en las quejas, había a menudo una sombra ajena. Aquella sociedad en aquel momento preciso pedía venganza. Tú y yo vivimos en aquel clima de odio, fanatismo y crueldad. Se diría que te impulsaron las circunstancias a aceptar la violencia del agresor, su victoria y su angustia.

Ya he tenido derecho a tus disculpas, por los malos tratos que me infligiste en los años cincuenta. Pero cuando, tuberculoso, vomitando sangre y desmoralizado, pasé unos días en tu casa, otra vez me maltrataste como años antes.

Eras víctima del ambiente agresivo que se vivía. Por eso me enseñaste a vivir de rodillas y a elogiar a los «que mandan», por eso intentaste ahogar en mí toda idea de rebelión, por eso me obligaste a rezar para que ganaran la guerra civil los que condenaron a mi padre: es decir, para que siguiera en prisión, por eso me formaste intelectualmente para que llegara a ser el enemigo ideológico de mi padre, por eso me encauzaste hacia la carrera militar, por eso me encaminaste a ser el cómplice de los verdugos de mi padre. Para que las tinieblas vencieran al amor.

Si hoy fuera militar (o funcionario, por ejemplo, del Ministerio de Salud Pública), me defendería haciendo el vacío sobre mi padre o renegando de él.

Aseguras que te sientes orgullosa de mí. Es de papá de quien debes sentir sus resplandores. Su vida y su martirio en las cárceles es nuestro (tuyo y mío) mayor orgullo. Da belleza a nuestra realidad.

Tengo tanta necesidad de mi padre (y de las cartas que me escribió) como el árbol tiene de la tierra.

¿Por qué no me explicas tu punto de vista? Toda esa montaña de estiércol no se puede tapar con un pañuelito de seda. Esta podredumbre existe. ¿Te está envenenando?

Cómo me gustaría que respondieras a mis preguntas, que me escribieras por ejemplo: «Es falso, como dices, que haya escrito cartas solicitando que encerraran a mi marido en un manicomio una vez que consiguiera la libertad condicional; por el contrario, la verdad es que empecé a preparar su vuelta a casa y a buscarle una ocupación». Cuánto me gustaría poder responderte: «perdóname, me confundí..., no comprendí tus motivos».

No concibo la ley del Talión. No toleraría que nadie te hiciera sufrir. Tienes que ser feliz, como me importa y deseo.

Te beso ¡con tanto cariño!

CARTA A FERNANDO DAVID DE SU MADRE

Querido hijo:

Tomé la determinación de no contestar a tu carta, ya que en ella no es que me pidas datos de tu padre —lo que sería lógico—, sino que parece como si destilaran hiel sus párrafos, como si no tuvieran otra misión que la de lanzarme dardos hirientes.

Esto me pareció en un primer momento y, por eso, decidí no contestarte, ya que nunca podría ponerme a tono en un combate de este tipo.

Reflexioné luego y pensé ¿por qué ha de ser así? Seguramente es que lo interpreto mal. Si no contesto es cuando puede creer mi hijo que toda esa ponzoña —que no creo salga de su corazón— sea verdad.

Mi contestación no está, pues, a tono con nada de tu carta. No sé decir las cosas nada más que de una manera, como me brotan del corazón.

Empiezas dando casi a entender que soy culpable de lo que sucedió a tu padre. Todavía hay gente de aquella época.

También hay todavía quien puede acordarse de cómo me presenté contigo a la mujer del jefe supremo, entonces, de Melilla para pedir la salvación de tu padre.

Fui contigo, creo recordar que aún tenías presente la estampa del moro que, en las escaleras, custodiaba la vivienda y que me dijo al salir de allí: «No llores *mujera*».

Aquello valió —me lo han dicho después personas que aún viven— el que no le juzgaran en aquellos momentos, que eran los peligrosos por ser los primeros.

La mujer le pidió al marido que no se metiera en su caso y él hizo que se retrasara el juicio.

En Melilla se le mandaron paquetes a barullo. Cuando nos vinimos de África, pasamos por Ceuta, mucho más molesto y costoso, sólo por verlo.

Después, el que tú digas que no le mandaba paquetes me hace sonreír, si no fuera cosa de llorar. Si lo dijera persona ajena a nosotros, lo comprendería, pero tú sabes que, si íbamos al Retiro, teníamos que hacerlo a pie por faltarnos el dinero para el transporte. Que iba yo a la oficina de la calle Serrano también a pie, como te acordarás, por faltarme el simple real que costaba el metro. Que llegaba tu santo y no podía comprarte un caramelo.

No es que viviéramos modestamente, sino que estábamos en plena miseria. También recordarás que para celebrar el santo de abuelo se tomaba como cosa extraordinaria un huevo frito.

Tu padre necesitaba paquetes, no me cabe duda, para serle más agradable la comida en el penal y como satisfacción sentimental, pero, conocedor de nuestra situación, no los aceptaba porque sabía que nosotros, no por capricho, sino por necesidad, teníamos que comer por lo menos un pedazo de pan diariamente. No como ayuda a una comida, sino como base de la misma, tan pobre era nuestra alimentación.

Esta carta que tanto cacareas del director de la cárcel, demostraba nada más que, aunque yo no estaba oficialmente encarcelada, es como si lo hubiera estado todo el tiempo.

Primero en Ciudad Rodrigo, donde no salí ni una vez, por vergüenza. Tú bien lo sabes.

Luego en Burgos (bastante después del intento de suicidio y cuando tu padre estaba mejor); era yo la prisionera: se me había arrancado de mi vida y de mi hijo, se me había impuesto una oficina que me era odiosa y, para acabar de hacer mi vida un verdadero calvario, comía rancho todos los días, rancho frío, rancho auténtico de cuartel, el rancho que daban a los que tenían la familia en la zona roja y que a mí me dejaron utilizar ininterrumpidamente por módica cantidad. Con lo que así ahorraba podía enviarte unas pesetas a Ciudad Rodrigo para tu manutención. En el Banco están los resguardos que confirman lo que digo.

Después del trabajo diario y de la comida que indico, no me quedaba nada más que ir a una habitación, oscura, fría, antigua, sucia y repelente. ¿Qué extraño es que entonces escribiera abrumada por las circunstancias? ¿Es que no podía ni siquiera exponer mi angustia a mi propio marido? Pude no hacerlo, pero tenía treinta años, la vida me era extraordinariamente molesta y un desahogo del alma era lógico y natural, puesto que a nadie podía hablar de esto.

Tú bien sabes cómo era de triste mi vida entonces. ¿Para qué voy a hablar del cautiverio que yo tenía en todo momento?

Mi sueldo siempre puedes comprobarlo en los presupuestos del Estado.

Luego dices —repito, que parece imposible que seas el que vivió la vida nuestra, el que escribe estas cosas— que debí prepararle un alojamiento para cuando saliera. Aunque a ti te hayan dicho lo que quieran, tu padre no estaba normal. Que se hubiera mejorado a la salida puede ser, pero la realidad es que no estaba bien.

La primera medida que había que tomar a su salida de la prisión era buscar para nosotros una casita independiente. Tú sabes muy bien que casa no he tenido hasta el año 1948. Tenía que organizar la búsqueda de un gran piso, tratar de encontrar un empleo en casa para poder hacer frente a los gastos imprescindibles, ya que hubiera tenido que dejar la oficina para atenderos a ti y a él: el estado mental de tu padre —hasta ver cómo reaccionaba una vez libre— no permitía que le dejara al cuidado de un chiquillo como eras tú.

Había que dar un poco de tiempo a esto y lo mejor, creí yo, era un sanatorio psiquiátrico como punto de espera a resolver todo esto. Pero un sanatorio que no costara dinero, porque, para qué voy a repetirte, si tú lo sabes muy bien, yo no contaba con un céntimo.

De estas interioridades no podía informar a nadie porque parecía como culpar a mis padres y es la verdad que ellos ya estaban viejos para estas cosas.

Así es que sin dar explicaciones a los de fuera (y una vez más, sin que tú lo supieras por ese afán mío de no amargarte la existencia), pero como es lógico sabiéndolo los de casa (los abuelos), pensé y hasta vislumbré cómo poner unos huéspedes para vivir y dejar la oficina. Como sabes, no dio tiempo a nada.

Otra cosa que dices es que busqué recomendaciones entre militares para encontrarlo. ¡Cómo te confundes!, por no decir cómo mientes, porque creo de verdad que no está en tu ánimo el mentir. Es una cuestión ésta que aún hoy la ignora todo el que me rodea. Lo dije a la policía, en efecto.

¿Es que no tenía que hacerlo? Si no lo hubiera hecho, es cuando ahora podrías censurarme.

Si traté de no decirte la verdad, tienes que tener en cuenta que cuando tu padre desapareció tenías nueve años. Entonces no tenías que tratar con autoridades —como tú dices—, era con tus compañeros de colegio;

para no hacerte la vida rara y querer, como siempre, que tu infancia se desarrollara normalmente, para cuando tuvieras sentido común decir las cosas cuales eran.

¿No acerté? Puede ser, pero la intención mía fue hacerte agradable —o por lo menos quitarte las espinas que pudiera— tu infancia.

Hablas de palizas. Otro sarcasmo. Las pocas que se te dieron fue cuando por efecto de la edad te acostumbraste a forzar puertas secretas, y se hacía por miedo a que te acostumbraras a una cosa que nada más que mal podía traerte. ¿También hice mal? ¡Qué cosas se oyen! Por lo visto, mi obligación era dejar que te hicieras un golfillo.

Cuando te enteraste de todo, no tenía arreglo, por lo menos así lo creí yo y así debe ser, puesto que tú tampoco has encontrado un camino seguro.

Tu padre, cuando estaba en la cárcel, quería que volviera la monarquía, ya que se decía que, si eso ocurría, todos saldrían de las prisiones. Después ya se hubiera visto lo que cada uno de ellos hacía.

Eso de que tenía siete hermanos es una versión que te di siempre porque era la verdad. Se murieron de pequeños cuatro. Todo esto es según como se mire, como se diga o como se quiera interpretar. ¿Es que había algún misterio en eso de que hubieran sido siete hermanos?

La verdad es que hay en tu carta múltiples cosas que no comprendo: das la vuelta a los asuntos para hacerles decir lo contrario de la realidad. Claro que por algo ganaste el premio de Superdotado.

Que tu tío Ángel dijera lo que tú dices que dijo será verdad, pero él vino a casa a vernos y nunca me dijo nada de esto. También es lógico que después de oírte a ti cambiara de manera de pensar.

Dije y digo que el defensor de tu padre en el proceso se portó muy bien. Decir otra cosa sería mentir. Se esforzó por él más que por ninguno de los que defendió y, aunque este señor haya muerto, es justo decirlo y sentir hacia él el agradecimiento por lo mucho que ayudó a tu padre. Nos proporcionó pasajes para venir a Ciudad Rodrigo, nos recomendó a los de Ceuta para que nos dejaran verlo, en fin, hizo cuanto humanamente se podía en aquellos momentos.

Si con las personas que hablas en Melilla no sabían que se emborrachaba será porque no eran de la edad de tu padre, o porque no te lo han querido decir, o porque no alternaban en los sitios que él. No era un gran bebedor habitual, era una persona a la que le hacía mal el alcohol, que no resistía un vaso de vino.

Se puede escribir a las personas sin saber su nombre, si se sabe el cargo que desempeñan, ¿no es así?

Como en todo, das una interpretación errónea a que a ti te hiciera tantos retratos. De esa época tengo yo sola millares de fotos. No lo recordarás porque es lógico. Si después se hicieron menos es porque las necesidades de la casa no permitían ese lujo que es hacer fotografías. Todo es cómo se mire. ¿Ves cómo fallas en tus interpretaciones?

El intento de suicidio nació a raíz del juicio de uno de los que estaban con él; como resultó con menos condena de la que esperaban, lo celebraron. No quiere esto decir que comieron como príncipes, pero tú ya sabes que gente bebida la ves todos los días por la calle y por su indumentaria se ve que el *banquete* que ocasionó este estado estuvo rociado solamente con tinto del barato.

¿Por qué no? Su estado lo empeoró la actitud tirante de un compañero, y hasta sé su nombre, porque él me lo dijo.

Si cuando empezó la guerra no hubiera tenido un hijo —supongo que me lo habrás oído decir muchas veces—, me hubiera ido a Francia de criada huyendo de todo, porque tú sabes muy bien cuánto me duele depender de los demás. No lo hice porque te hubiera tenido que dejar en un orfanato y creí que mi deber era el de aguantar todo lo que sobre mí cayó con tal de que tú tuvieras una casa y no uno de esos colegios gratuitos tan lóbregos y tristes.

¿También hice mal en esto?, puede ser, porque mi defecto ha sido siempre preocuparme más de ti que de mí.

Como no tienes hijo (y aunque lo tuvieras: es muy diferente el querer de una madre al de un padre), no puedes ponerte en mi caso.

Me acusas de haber ahogado en ti toda idea de rebelión. Esta frase es para sentirla y realizarla uno mismo, pero nunca se puede obligar a un hijo, que aún por su edad no puede decir lo que prefiere, a seguir un camino tan peligroso. Por ti aguanté todo para que comieras.

Momentos difíciles para mí los que quieres enjuiciar y poca reflexión por tu parte al no pararte a pensar detenidamente en todo aquello que nos rodeó y que tú viviste, aunque fueras muy pequeño.

Traté siempre de que no supieras de la parte desagradable nada más que lo imprescindible. Las múltiples veces que iba a pedir trabajo y no me lo daban, que pedía becas o ayudas de estudios para ti y tampoco me las concedían, que solicité un estanco o una administración sin éxito, etc., tantas cosas que intenté y me negaron, ¿te enterabas tú?

Cuántas lágrimas vertidas por aquello que podía haber sido el bienestar nuestro y que se esfumaba, y cuánta alegría con aquellas migajas que nos llegaban y que eran únicamente las que tú sabías.

Después de todo esto, no pienso volver a escribirte. Hay mucha distancia entre tú y yo. Me satisface enormemente que sea así. Ésa fue mi ilusión de siempre y me alegra que se consiguiera para ti. Tú tienes, de todos modos, más posición que yo. Así que no me duele que esto sea una cosa que nos separe, al contrario, como digo, me satisface.

Ilusión por la vida no tengo ninguna, cambié en todo, hasta en esto. Todo me tiene sin cuidado. Hago mis obligaciones como un autómata. Espero nada más que llegue el momento para pedir un puesto donde esté más en contacto con la naturaleza.

Si algún día tienes un hijo, tal vez me comprenderás.

Te deseo con toda mi alma una vida inmensamente feliz. Cuando te enteres de que he muerto, reza por mi alma.

Y nada más, hijo mío, todo mi cariño.

P.D. : Te he escrito esta carta para ti sólo porque he supuesto que fuiste tú solo el que me ha escrito la anterior.

CARTA DE FERNANDO DAVID A SU MADRE

Querida mamá:

Te escribí y te escribo con amor y esperanza, el tiempo en los luceros. Cómo siento que no respondas a mis preguntas. Por mi parte voy a intentar hacerlo con las tuyas, sin mañana ni ayer.

Me estremece tu candente «parece como si destilaran hiel tus párrafos». ¿Tan mal me he explicado? A menudo juzgas con grandilocuencia (¿no crees?) mis «virtudes» y mis defectos: «tienes todo tu talento de superdotado dedicado al mal».

Impetuosa, afirmas que «lanzo dardos hirientes». ¡Déjame estar! ¡Sólo deseo quererte.... más que nunca!

«Nunca podría ponerme a tono en un combate de este tipo». No veo ni «combate», ni «dardos», ni «hieles» ni «ponzoñas». Te escribo con cariño, aun temiendo soñar en vano.

No sabía yo que solicitaste una recomendación en favor de papá, durante su detención. «...Al jefe supremo de Melilla». ¿Cuál es el nombre del recomendador... o de la recomendadora? A ésta la llamas «la mujer del jefe supremo» (jefe supremo ¿de qué?) y más adelante escribes «...la mujer le pidió al marido». ¿Por qué no me das el nombre, o el cargo de este oficial? ¡Cómo me ayudaría conocer estos nombres para romper el muro del enigma!

No quiero suponer que, asfaltando el rencor, escondes lo que no quieres que sepa. Y que podría descubrir visitando a la pareja de personajes velados.

«Aquello valió... el que no le juzgaran en aquellos momentos que eran los peligrosos por ser los primeros.» Papá, detenido el 17 de julio, fue condenado a muerte el 12 de agosto: Veintidós días después.

También escribes entre tu propia niebla: «... todavía hay gentes de aquella época». ¿Quiénes? Estoy dispuesto a visitarlos a todos. «Aquello le valió, me lo han dicho personas que aún viven.» ¿Quiénes? Todo testigo sería tan valioso para desentumecer el destino congelado de papá. Conoces ya el nombre de su compañero del penal del Hacho..., pero, indolente, te olvidas de comunicármelo.

Te alejas dejando erguida la frustración: «Se puede escribir a las personas sin saber su nombre si se sabe el cargo que tienen». Pero tampoco me proporcionas la función. ¿Temes que, precisándolo, encuentre al individuo?

Me recuerdas hechos que no pongo en duda: lo miserablemente mal que vivíamos en Madrid, que íbamos al Retiro a pie por faltarnos el dinero para el metro. Era la triste suerte de la mayoría de los españoles en aquellos años cuarenta, de anhelos tercos.

Pero si en noviembre de 1941 no hubieras preferido que papá fuera a un manicomio, habría vuelto a casa como cientos de miles de prisioneros políticos indultados. Hubiéramos disfrutado por lo pronto de un salario más, quizás, dado sus estudios, superior al tuyo. No permitiendo su retorno, me impediste beneficiarme, en un ingrávido ahora, de su presencia.

¿Se podría incluso llegar a suponer que (sin que fueras consciente de ello) provocaste en parte mi fragilidad física, mi tuberculosis, al prohibir su regreso a casa?

Hablas de las humillaciones que has tenido que sufrir por mí. Pero hay una que no toleraste, enramada en el encono, el retorno de papá en 1941.

En Melilla afirmas que le «enviabas paquetes a barullo». Es decir, durante noventa y ocho días. El 28 de octubre de 1936, le trasladaron a Ceuta y luego tú y yo nos refugiamos en Ciudad Rodrigo. Como lo reconoces explícitamente, una vez que abandonaste Melilla no le volviste nunca más a enviar paquetes. Durante más de seis años de soledad, sin amor.

Para poder comer en las cárceles papá tuvo que solicitar el título de «pobre de solemnidad». He aquí el kafkiano legajo de sus gestiones:

[Fernando Ruizbal, ex teniente del Arma de Infantería, expone:
Que siéndole necesario
un certificado de POBRE DE SOLEMNIDAD,
para poder solicitar el subsidio de tres pesetas diarias para alimentación que le concede la O.C. de 19 de noviembre de 1935, (D.O. núm. 270) a V.E. recurre en súplica de que se le instruya a la correspondiente información para los fines expuestos.

Ceuta (Fortaleza del Hacho), 1 de julio de 1937.

* * *

PROVIDENCIA.—En Ceuta a siete de julio de mil novecientos treinta y siete. Recibida instancia, formulada por el ex teniente de Infantería DON FERNANDO RUIZBAL, en la que solicita la pensión que le corresponde, acúsese recibo, interésese del Señor Coronel Comandante Militar sea conducido a este Juzgado el día 9 del actual para práctica de unas diligencias.

DILIGENCIA.—Seguidamente se cumple lo mandado.

Doy Fe.

* * *

Negociado Justicia

Para que instruya la información de pobreza que se solicita, le adjunto instancia promovida por el ex teniente de Infantería DON FERNANDO RUIZBAL, recluido en la Fortaleza del Hacho, esperando me acuse recibo.

Dios guarde a Vd. muchos años.

Ceuta, 9 de julio de 1937. «SEGUNDO AÑO TRIUNFAL.»

* * *

INFORMACIÓN DE POBREZA

A favor del Ex teniente de Infantería DON FERNANDO RUIZBAL.

Inicio de las actuaciones el 20 de julio 1937.

Declaración del ex teniente de Infantería FERNANDO RUIZBAL.

PREGUNTADO... Manifieste si cobra sueldo o pensión alguna por parte del Estado, Provincia o Municipio, dijo: que no cobra nada en absoluto ni del Estado, ni Provincia, ni Municipio.

PREGUNTADO... Si posee bienes de fortuna o tiene inmuebles o derechos reales; dijo: que no posee bienes de ninguna clase, ni inmuebles ni derechos reales.

PREGUNTADO... Si se cree pobre de solemnidad, dijo: que por todo lo expuesto se considera pobre de solemnidad.

PREGUNTADO... Si tiene algo más que decir, dijo que no, que lo dicho es la verdad, en la que se afirma y ratifica, firmando esta su declaración, después de leída con S.S. y conmigo el Secretario, de lo que doy fe.

* * *

Declaración del teniente de Ingenieros DON GASPAR H.

Ceuta, veinte de julio de mil novecientos treinta y siete, ante el señor Juez y presente secretario comparece el anotado al margen.

PREGUNTADO... Si conoce al ex teniente de Infantería Fernando Ruizbal y si sabe que cobre sueldo o pensión alguna por parte del Estado, Provincia o Municipio, como asimismo si el expresado Ruizbal posee bienes inmuebles o derechos reales u otros medios de fortuna de ninguna clase, dijo que en efecto lo conoce y sabe que no cobra sueldo alguno sabiendo que no posee bienes inmuebles y considerándolo pobre completamente.

PREGUNTADO... Si tiene algo más que decir, dijo que no, que lo dicho es la verdad, en la que se afirma y ratifica después de leer esta su declaración, que la encuentra conforme y la afirma con S.S. y conmigo el Secretario, de lo que doy fe.

* * *

Dos declaraciones semejantes hicieron el teniente de Intendencia DON MÁXIMO G.S. y el alférez de Infantería DON JOAQUÍN G.M.

* * *

Don José María P. y S.

Registrador de la Propiedad Provisional de Córdoba.

Certifico que en vista del precedente oficio de la Auditoría de Guerra de la Segunda División, y para cumplir lo que en el mismo se ordena, he examinado, en lo que ha sido necesario, los libros del Archivo de mi cargo, de los cuales no resulta que don Fernando Ruizbal tenga bienes inmuebles inscritos a su nombre.

Y para que conste, en cumplimiento de lo mandado, expido la presente, en este único pliego, en Córdoba, a veintinueve de julio de mil novecientos treinta y siete. II Año Triunfal.

Sin honorarios.

* * *

Certificados similares establecieron don Filiberto L. y L., Secretario de la Excelentísima Diputación Provincial de Córdoba y don José C. S., Abogado y Secretario del Excmo. Ayuntamiento de Córdoba.

En Córdoba, a ocho de septiembre de mil novecientos treinta y siete. II Año Triunfal.

* * *

Declaración de Fernando Ruizbal.

En Ceuta, a veintitrés de septiembre de mil novecientos treinta y siete. Ante S.S. y presente el secretario comparece el anotado al margen, quien juró decir verdad.

Preguntado: Manifiesta nombre y apellidos de su esposa, dónde habita, de qué vive, y estado civil de su hijo y que no posee, manifestó, bienes ninguno.

Preguntado: Si tiene algo más que decir, dijo que no, que lo dicho es la verdad, firmando esta declaración con S.S. y el Secretario, de lo que doy fe.

* * *

REGISTRO DE LA PROPIEDAD de CIUDAD RODRIGO.

En contestación a su oficio núm. 6.309, fecha 23 del pasado febrero, tengo el honor de comunicarle que en los libros de este Registro, término municipal de Ciudad Rodrigo, no he encontrado inscritos bienes ningunos a nombre de la esposa del ex teniente de Infantería Fernando Ruizbal.

Dios salve a España y guarde a Vd. muchos años.
Ciudad Rodrigo, 2 de octubre de 1937.
II AÑO TRIUNFAL.

* * *

Don Antonio J. M., Comandante de Infantería, Juez eventual, tiene el honor de exponer:

Dieron principio estas actuaciones en virtud de su superior orden de proceder (folio 1), como consecuencia de instancia promovida por el ex teniente de Infantería don Fernando Ruizbal (folio 2), que solicitaba demostrar su pobreza.

Se ratifica en la instancia al folio 4 y prestan declaración tres testigos a los folios 5, 6, y 7.

A los folios 11, 13, 16, 17, 18 y 23, se unen documentos que acreditan que el solicitante y su esposa carecen de bienes y no cobran sueldo ni pensión alguna.

En vista de lo expuesto y creyendo el Juez que suscribe hallarse completa esta información, tiene el honor de elevarla a V.E. para la resolución que estime oportuna.

Ceuta veintiocho de enero de mil novecientos treinta y ocho. Segundo Año Triunfal.

* * *

Mío Señor:

Se instruye la presente información a instancia del ex teniente de Infantería Don Fernando Arrabal Ruiz, recluso en la Fortaleza del Hacho, a los efectos de auditar su carencia de medios de subsistencia.

Practicadas las diligencias pertinentes y pudiendo considerarse completa, pudiera V.E. disponer sea entregada al peticionario a los fines correspondientes.

Ceuta, 6 de febrero de 1938.
Segundo Año Triunfal.

* * *

A 11 de febrero de 1938.
II Año triunfal.
De conformidad con el anterior dictamen y para su entrega al

interesado, remítase esta información a su Juez instructor, comandante de Infantería don Antonio J. M., quien me avisará recibo.

El General Jefe Superior acate.]

Tras este papeleo administrativo, el legajo que he consultado finaliza abruptamente con el documento siguiente (del año 1939), que no tiene nada que ver con la solicitud:

[Ilmo. Señor: En cumplimiento de su atento escrito núm. 2126 de fecha 15 del actual relativo al condenado ex teniente de Infantería don Fernando Ruizbal, en causa núm. 359, de 1936,

Tengo el honor de informar a V.S.I. lo siguiente:

El expresado fue detenido el día 17 de julio de 1936 y conducido al fuerte de María Cristina (el Polígono) en Melilla, fue procesado el día 12 de agosto del expresado año y condenado a muerte. Siendo aprobado dicho procesamiento por el Sr. Auditor de Guerra de este Territorio, con fecha 22 de agosto del indicado año.

En 28 de octubre de 1936 fue trasladado a la Prisión Militar del Hacho en Ceuta, donde continuó en la misma situación, hasta que fue condenado a la pena de reclusión perpetua y accesorias, quedando en firme la sentencia con fecha 14 de mayo de 1937.

Los motivos del procesamiento son los siguientes: según figura en la expresada causa. El día 17 de julio de 1936 sobre las diez de la noche, el citado teniente don Fernando Ruizbal dijo al capitán ayudante de su batallón que quería que lo detuvieran porque no comprendía otro Régimen que el de Casares Quiroga. Confesando el mismo teniente Ruizbal que estima que no debía cooperar por tratarse de un Movimiento contra el Gobierno legalmente constituido, y que quería estar con los que estaban al lado del Gobierno. Que con anterioridad al 17 de julio citado, el expresado teniente Ruizbal frecuentaba el bar «La Peña», lugar de reunión de los elementos extremistas de la ciudad, donde se conspiraba en dicho sentido y en el cual se relacionó con elementos de tal carácter. Hasta el punto de que al enterarse el día 17 antes mencionado que las fuerzas de Regulares y Tercio venían hacia la plaza, exclamó que si no cogían la vez a las juventudes revolucionarias, estaban muy bien preparadas y que no perderían la partida, no recatándose ante sus compañeros de hacer alarde de admiración hacia las referidas Milicias. Lo que pongo en su superior conocimiento a los efectos que procede. Ceuta, 19 de junio de 1939. Año de la Victoria. El Teniente Coronel Juez Instructor. Constantino J.]

Toda «molestia» y todo «gasto» hubiera sido poco para ayudar a un hombre enchiquerado en un penal como el peñón del Hacho. Un encarcelado que, temblando en la oscuridad, tiene que recurrir, para comer, a un subsidio de «pobre de solemnidad».

«Cuando nos vinimos de África, pasamos por Ceuta, mucho más molesto y costoso, sólo por verlo.» Entonces sólo se podía viajar a la Península (desde Melilla) pasando por Ceuta. Desde Melilla no se podía ir a Málaga (como se hace hoy normalmente) por barco o avión. Málaga no fue ocupada por los «nacionalistas» hasta el 9 de febrero de 1937 por nueve batallones de la legión italiana y tres batallones del Duque de Sevilla.

«Después (después de que papá saliera de la cárcel de Melilla para el peñón del Hacho en octubre de 1936), el que tú digas que no le mandaba paquetes me hace sonreír, si no fuera cosa de llorar. Si lo dijera persona ajena a nosotros lo comprendería, pero tú sabes que, si íbamos al Retiro, teníamos que hacerlo a pie por faltarnos el dinero para el transporte...»

Papá estuvo encerrado hasta que se fugó en diciembre de 1941. Viví en Ciudad Rodrigo durante años, sobre un sofá indolente, sin privaciones alimenticias. No me matriculaste en el instituto gratuito sino en el colegio de monjas «de pago». Disfrutaba de todo lo que tenían los niños «acomodados» de Ciudad Rodrigo. Cada vez que venías de Burgos me traías a Ciudad Rodrigo, como ráfagas de tu amor, juguetes y golosinas. La miseria nos arrebató en el otoño del año 1941, cuando ya vivíamos en Madrid.

Lo más difícil de comprender, incluso para alguien que tanto te quiere como yo, es que le insultaras con tal pujanza.

En vez de enviarle un modesto símbolo que le testimoniara nuestro afecto, le «acorralas con saña» (como se atreve a decirte el director de la prisión de Burgos).

No te asaltó el resplandor. ¿Por qué no permitiste que le escribiera yo, su hijo?

¿Por qué eliminaste todas y cada una de las numerosas cartas y tarjetas que me enviaba?

¿Qué te pasó por la cabeza, a ti, a quien la gloria engalana?

Un Consejo de guerra de oficiales generales le quitó la libertad. Pero no le condenaron a la incomunicación con su hijo.

¡Cuántas cartas me envió! ¡Cuántos álbumes de fotos! ¡Cuántos dibujos! ¡Cuántos regalos! Nada llegó a mis manos, ni tan siquiera a mi conocimiento. El mayor castigo que sufrió fue probablemente no poder dirigirse a mí.

«¿Qué extraño es que entonces escribiera abrumada por las circunstancias? ¿Es que no podía ni siquiera exponerle a mi marido mi angustia?»

Una revista extranjera acaba de publicar algunas de las cartas a sus maridos de las mujeres de los presos de Burgos instaladas en la tierna fragancia de la esperanza: «Tus hijos y yo estamos en la miseria... sólo tenemos fuerzas para vivir pensando en la felicidad del día de tu liberación».

Papá, hincado en el surco de la tragedia, sólo esperaba tu ternura. Lo que llamas un «desahogo del alma» (que tanto escandalizó al director del penal de Burgos) ¿no sería lo que más le atormentó en prisión?

Me hablas, con súbita pureza ¡tan amarga!, de tu sueldo y de los resguardos en el Banco. Desde 1941, has recibido mi beca mensual de *superdotado*. Poco más tarde conseguiste cobrar otra contribución: la que yo recibía como ¡huérfano de militar!..., ¡yo que era hijo de un oficial, en vida, hostil al régimen, condenado y degradado! ¡Qué maravillosa hazaña... la tuya! ¡Con qué arte toreaste a los vencedores esta vez! ¡Cómo me alegra conocer al fin (hoy... en su día no supe nada) que esos subsidios pudieron ayudarte y auxiliarnos en aquellos insaciables años de la posguerra!

«Luego dices —repito que parece imposible que sea el que vivió nuestra vida el que estas cosas escriba— que debí prepararle un alojamiento para cuando saliera.»

Sin un remoto dejo de aflicción te sigue pareciendo normal que la esposa no busque un techo para el marido recién salido de la cárcel.

A la comisión penitenciaria aportas pruebas... falsas, a mi modo de ver, para que le envíen al manicomio. ¿Me confundo? ¡Ojalá! Testificas, por ejemplo, para derribar la pretérita armonía de los primeros años, que en Melilla a menudo se había querido tirar por la ventana.

«Tu padre no estaba normal. Que se hubiera mejorado a su salida puede ser, pero la realidad es que no estaba bien.»

En 1941 no albergas la esperanza de que pudiera mejorarse *a la salida*. Consigues, tercamente enojosa, que el siquiatra («para librarme del acoso de su madre») lo califique de esquizofrénico... a pesar de no tener ninguno de los síntomas de esta enfermedad, y de lo difícil que es que la esquizofrenia se declare tan tarde en la vida del enfermo.

Para romper la espuma se le encerró en una institución quizás más pavorosa que la cárcel: un manicomio provincial.

Pero su juicio no huye en un vuelo en aquel cuchitril de nieblas. Papá ingresa en el hospital provincial de Burgos el día 17 de noviembre de 1941 y el 29 de diciembre de 1941 se fugó. Burlando a la policía, a la vigilancia a que estaba sometido y a las fuerzas que sus superiores del Ejército lanzaron tras él.

Bajo una estrella implacable, sin documentación y con un metro de nieve papá escapó a la armada invencible de sus perseguidores. Demostrando, con semejante hazaña, entre las tinieblas, que razonaba mejor que nunca. Invisible a sus acosadores el hombre solo, papá, caminó hacia la libertad a través de un espacio sordo.

La policía recorrió sus dominios, buscando minuciosamente. Se compulsaron los registros de cadáveres y las sombras indecisas. En aquel tiempo, ahogado en el aire, no podía desaparecer un hombre y menos aún un «cadáver en pijama». España, olvidada en su tristeza, estaba controlada milímetro a milímetro. Para cambiar de provincia se necesitaba un «salvoconducto». Es impensable imaginar, como sugieren algunos militantes políticos, que el Gobierno simuló su huida para darle un tiro en la nuca... ¿Por qué hubiera esperado seis años para hacerlo?

«De estas interioridades, no podía informar a nadie porque parecía como culpar a mis padres.»

¿Por qué culpar a los abuelos? No fueron los abuelos los que pidieron que se le enviara a un manicomio. Ni los que se negaron a que volviera a casa. Ni los que lanzaron tras él a la policía. Ni los que abrieron la tumba infinita para el fugado.

Desgraciadamente, cuando digo que buscaste recomendaciones entre militares para encerrarle tras su fuga, no me confundo. He leído tu carta, escrita de tu puño y letra, con helor en la sangre.

«Lo dije a la policía. ¿Es que no tenía que hacerlo? Si no lo hubiera hecho es cuando podrías censurarme.»

No comprendo la ventaja que podía obtener papá de que la policía le detuviera. Cuando huía por senderos de acero con nombres de predadores.

«Si traté de no decirte la verdad tienes que tener en cuenta que cuando tu padre se escapó tenías nueve años. ... Para cuando tuvieras sentido común, decir las cosas cuales eran.»

Pero todo lo que sé sobre papá lo he averiguado por mis propios medios esquivando chantajes, embustes, tapujos. Apagados tus recuerdos en una noche sin llama.

Argumentas, al pie de la ocultación, que me escondiste la verdad a causa de mis compañeros de colegio y «por quitarme las espinas», etc. Mis compañeros de Ciudad Rodrigo y de Madrid sabían la verdad. Lo *más grave,* nadie lo ignoraba, es decir, que papá era un *oficial antifranquista* y encerrado en la cárcel. Hasta mí sólo llegaba un temblor de brisa mientras las olas sabían.

«Las pocas palizas que se te dieron fue cuando, por efecto de la edad, te acostumbraste a forzar puertas secretas.»

Te puedo decir el día y la hora de cada una de estas palizas. Ya escribía «mi diario» como quien acaricia un cuervo. Dices «se te dieron» en vez de «te di». Añades que «por lo visto, mi obligación era dejar que te hicieras un golfillo». No querías, desde luego, que fuera un golfillo... sino un oficial del ejército que condenó a mi padre. Un guerrero contra su causa con los labios del aguacero. Ningún niño nunca merece una paliza. La tortura es el arma de los estériles con el miedo hasta las zancas. Pero esto no tiene importancia si lo comparo a la tragedia de papá.

«Y eso de que *tenía siete* hermanos es una versión que te di siempre porque era verdad. Fueron siete: se murieron de pequeños cuatro.»

Cuatro que se murieron más los otros dos (tío Rafael y tío Ángel) da un total de seis. Luego tenía seis hermanos... ¿o siete? En realidad, sólo tuvo dos hermanos, como sabes. No sólo la fortuna cuenta dedo a dedo.

Me duele que digas «lo bien que le trató el Tribunal» o «lo muy bien que se portó su defensor».

El «defensor» trató de dar con su presencia, en el fondo de la noche, una leve apariencia de legalidad a una parodia de proceso. Este «defensor» de la nada no puso en duda la legitimidad de tan ilegal proceso (y tribunal). Nunca objetó que era injusto condenar a un hombre por rebelión militar, precisamente por militares rebeldes al gobierno legal. Oficiales sediciosos, abrazando jirones de hielo, que, en aquellas fechas, controlaban sólo una parte del territorio español.

El defensor nunca se atrevió a formular un solo argumento de justicia, y no citó ni a un solo testigo para la defensa. No voy a felicitar a uno de los miembros de una farsa tan trágica. En mi memoria queda como un colaborador de los verdugos de papá. (Aunque reconozco que si no hubiera interpretado tan siniestro papel, otro lo hubiera hecho, durante la noche en que acuchillaron a los luceros.)

«Como en todo, das una interpretación errónea a que a ti te hiciera más retratos. De esa época tengo yo sola millares de ellas. No lo recordarás porque es lógico.

Si después se hicieron menos es porque las necesidades de la casa no permitían ese lujo que es la fotografía. Todo es según cómo se mire. ¿Ves cómo fallas en tus interpretaciones?»

Estoy convencido de que a los dos nos quería mucho y por igual, ya que fue tan buen padre como marido. «A ti te quería menos, sin duda alguna» pretendes... Prefiero no hacer comentarios cuando ya sólo quedan estatuas vacías.

Me hablas de «cuántas lágrimas vertidas». Me acuerdo perfectamente. Muchas de ellas las vertí yo contigo y otras que tú no sabes yo solo. Pero esas lágrimas nunca venían a tus ojos a la hora de pensar en él. ¿Por qué cerraste tu amor amparada en el cortejo de tus fantasmas?

He estudiado en establecimientos religiosos. No elegiste estos colegios por motivos espirituales: a ti la religión nunca te ha preocupado. ¿Temías que otra educación y otros compañeros de Instituto (tradicionalmente mejor informados que los alumnos de los colegios religiosos) me enseñaran a respetar las ideas de papá? De haber ingresado en la Academia Militar, como tú anhelabas, hubiera tenido que obedecer y servir a los que condenaron a mi padre. No querías que agitara las cuentas de los collarines ni que me liberara sin la escolta de tinieblas.

«Si algún día tienes un hijo... comprenderás.»

¿Crees que yo iba a decirle a mi hijo que su madre, prisionera política, «se ha jugado el porvenir», etc.? ¿Crees que exigiría que a su liberación la llevaran al manicomio? ¿Que aplastara sus sueños con la roca del infundio?

He aquí lo que me escribió tu cuñada (la mujer del tío Rafael) poco antes de morir: «Tu padre no se merecía esta clase de mujer, pues era el hombre más bueno, noble y cariñoso que ha existido, merecedor de todos los bienes de este mundo, y, ya ves, qué gran contradicción, el pobre lo desgraciado que fue».

Concluyes tu carta con esta posdata como una proclamación bajo la ceniza del tiempo: «Te he escrito esta carta para ti solo porque he supuesto que fuiste tú solo el que escribió la anterior».

¿Piensas que papá a mi vera me la ha dictado?... Pero a la puerta de tu casa, en la guía de teléfonos y en todos los documentos oficiales te haces nombrar falsamente, sin que nadie lo exija, «Viuda de Ruizbal».

Desde que descubrí los documentos escondidos en la alacena, anuncias que te voy «a matar a disgustos». Gracias a tu determinación y energía, tendrás una larga vida. Porque el recuerdo está dentro del recuerdo como del olvido. ¡Qué alegría tan grande será el de mimarte centenaria!

Te beso con infinito amor.

CARTA A FERNANDO DAVID DEL COMANDANTE JOTEFÓN, AMIGO DE SU MADRE.

He tenido conocimiento de tus horribles cartas a tu madre. He decidido terciar en el asunto. Siento que no estés en España para explicarme contigo, entre hombres.

Has desencadenado un ataque brutal, en el que acusas a tu madre directamente y de la forma más despiadada.

Te ensañas con verdadero sadismo y no olvidas ningún cabo para herirla en lo más hondo, guareciéndote tras esa postura de rectitud con la que te enmascaras.

Montones de reacciones y problemas que son fácilmente comprensibles con buena voluntad habiendo vivido el ambiente en que se ha vivido en este país, pueden parecer sorprendentes para alguien que desconozca la guerra civil.

Sólo hubiera conseguido —de escribirte en tu estilo— un carteo de afirmaciones y negaciones mediante el cual no se hubiera aclarado nada. A mí, el leer todas esas barbaridades me hiere profundamente, por eso no voy a seguir por ese camino.

Vamos a ver. Suponiendo (inadmisible) que todo cuanto dices y aseguras fuese cierto y no suposiciones, ¿qué ventaja reportaría?

El nombre de tu padre ha pasado inadvertido para bien y para mal a todo el mundo, a excepción exclusivamente de ti. Suponiendo, como te decía, que fuese verdad todo cuanto dices, tú pretendes destrozar a tu madre para rehabilitar a un señor que te dio la vida pero del que los recuerdos que tienes son sólo de «decires».

Por mucho que me esforzara y quisiera ver lo que tú intentas hacer ver, lo más que conseguiría sería ver en tu padre un hombre corrientísimo y que, según quieres demostrar, tuvo la poca habilidad de provocar el odio de su mujer, llamo «poca habilidad» por no decir con una personalidad tan pobre que no pudo arrastrar la de una mujer buena y sin complicaciones (su propia mujer); la cual demostró ya entonces y hasta ahora tener unas cualidades estupendas al sacrificar su juventud y su vida por sacar adelante a ti, su hijo, con ese espíritu innato de superación tan loable en quien lo tiene, que no ha descansado hasta verte situado en una esfera que no te pertenecía (desde el momento en que pasaste a ser el hijo de una mecanógrafa que dependía de un sueldo cortísimo).

Mira, cada uno ve las cosas y los hechos reflejados en su propio prisma y, por lo tanto, deformados o adaptados a él. Tú ves un ser malvado, morboso, sádico y cruel con el que yo jamás he tropezado. Te falta ventilación y disfrutas en tu propio laboratorio imaginando desgracias para, por fin, intentar apoyarte en los demás; para que los demás te demuestren que son verdades tus imaginaciones. Tienes alma de celoso retorcido.

Sigues coleccionando datos para dar más fuerza a tus argumentos que consideras poco sólidos y aun así no te importa afirmarlos rotundamente y escribir una carta que, firmada por José Pérez, sería dolorosa, pero firmada por el propio hijo tiene que ser demoledora.

Que te conste que últimamente tu madre ha estado en cama muchos días con gripe y algo de encefalitis y te considero culpable del resultado. ¡Estás cegado!

Lo que más me cabrea es que me parece entrever que, precisamente por ser tu madre, has querido hacer una demostración de tu amor a tu padre, aun a riesgo de confundirte y destrozar a un ser como tu madre que te quiere y al que en tu subconsciente, estoy convencido, sigues queriendo y valorando. Para hacer lo que has hecho se necesita odiar y tú, como te decía, quieres a tu madre al odiarla.

Naciste raro, tu rareza te ha hecho morboso. Tu madre paga las consecuencias, aun siendo mero instrumento.

Y piensa si, efectivamente, es justo, humanamente pensando, el llevar las cosas al extremo que lo has hecho, para, según tus cálculos, después de convicta y confesa (es horrible que trates a tu madre como una reo de tus alucinaciones), condenarla. Desde el Cielo, tu padre te daría las gracias. ¿Tú crees? Si es así: en qué mal concepto le tienes o, bien, qué poco os quiere a tu madre y a ti.

Hablas mucho de política y del gobierno actual. Te diré que a tu madre y a mí no nos interesa nada la política. Yo creo que es una rama de Derecho, o (no estoy informado) de Ciencias Políticas o Ciencias Económicas. Los doctorados en dichas ciencias espero que sean los que diluciden y arreglen estos problemas que ni me interesan ni comprendo... y estoy tan lejos de entenderlos como de comprender la psicoterapia aplicada a la Medicina General. Sólo me interesa servir a la Patria.

El otro día vino por aquí el ministro de Obras Públicas, gracias a lo cual supe que el ministro de este departamento se llama el general Vigón. Puedes imaginarte lo lejos que estoy de la vida política: te acordarás que el general Vigón era amigo de tu madre y vino algunas veces a tu casa.

Mi vida transcurre feliz, alegre y sin complicaciones. Tengo mis aficiones y tengo cariño por tu madre y por mi profesión de militar. Es un placer tener como colaboradora en el Ministerio a tu madre. Es un ser excepcional. Me enseñó a quererte.

Bueno, espero que, si hay algo poco claro en la carta sepas comprender, no obstante, mi intención.

Un apretón de manos.

P.D.: Por si interpretas mal el hecho de que en el transcurso de la carta hable de la posibilidad de que sean ciertas tus afirmaciones, es por intentar mostrarte la brutalidad de tu actuación, incluso poniendo el caso más favorable para ti.

CARTA DE FERNANDO DAVID AL COMANDANTE JOTEFÓN

Estimado comandante Jotefón:

Leo con bastante emoción tu carta. Con pena también. ¡Y yo que tanto creía en el pulso de mis argumentos! La plenitud se esfuma.

Mis cartas te parecen frutos morbosos de mi temperamento masoquista o del odio a mi madre, y lo que escribo, barbaridades despiadadas. No abusas de ternura.

Pero no pones en evidencia el yerro de mis afirmaciones. Ni tan siquiera de una de ellas. Me incoas un «proceso de intención». Para ser fiel contigo y con mi madre.

Desde que mi padre fue detenido el 17 de julio de 1936, mi madre ha transformado su vida al son de su coartada. Dicta silencio y ocultación en torno al calvario de mi padre como si se creyera culpable. Absurdamente aúlla sigilosa.

No olvides algunas de sus frases favoritas: «más malo que la sarna», «peor que Caín», «de la piel del diablo», etc. En sus relaciones con su marido vislumbra «abismos de maldad». Probablemente le asusten sus remiendos. ¿Se cree «más mala que la sarna»? Hay que disuadirle de rozar el foso del dislate.

Mi madre es un ser maravilloso que inspira amor. Tú bien lo sabes. Pero hoy vive en clausura entre paredes de olvido, sin ninguna amiga... y con un sólo amigo: tú (su jefe en el trabajo).

Quiere que «no se hable fuerte» para que los vecinos «no oigan lo que se dice». Trata de aislarse en el ocaso y de romper con el pasado. El reciente cambio de casa (para huir de sus antiguos vecinos) es un eslabón más de esta cadena... que hoy ya juzga insuficiente. Ahora sueña con irse a vivir a un pueblecito donde «nadie la conozca». Para detenerse en la pradera de la soledad.

Mi madre continuamente se esconde. ¿Por qué? ¿Huye de la mujer que le acusa a causa de su comportamiento con su marido? ¿Es decir, de sí misma? Oculta su pasado bajo las escaleras del olvido. Temiendo que la juzguen, continuamente se está juzgando.

¿Por qué no acabar con los misterios sin apuñalar los recuerdos? Por mucho que la tranquilices, creerá que todos conocen «su pozo de maldad». Espuma negra que sólo existe en su imaginación.

Yo la quiero más que la quiere un hombre, más que tú la quieres.

Mi madre está persuadida de que tu cariño (color de amor) por ella reposa en un embuste: la versión que te ha dado del destino de mi padre. Teme, absurdamente, que dejes de ser su amigo el día en que descubras la verdad, gota a gota entre lágrimas.

Creo que, aunque se hundan los cielos, debe rehabilitar a mi padre, para ser rehabilitada. Ya no tendría así nada que entapujar buscando brisas piadosas: se suprimirían las fotos recortadas, las cartas «perdidas», los silencios, los secretos, las arrugas de sus horas.

Oigo desde aquí tu grito: «¿quién eres tú para juzgar a tu madre?» No la juzgo. ¿Quién sería yo para hacerlo? Ella es superior a mí en todo y sobre todo en bondad. Pero tengo derecho a saber: soy el hijo de mi padre. Quiero abrir las cancelas del olvido, labio a labio.

No admitiría que nadie la juzgara ni por deseo. Pero por tu parte, tú no te privas de juzgar a mi padre «hombre sin personalidad», etc.

Es posible que incluso cuando mi madre cumpla cien años pienses tú (como ella a veces lo ha pretendido) «que la estoy matando a disgustos». En tu carta te falta muy poco para acusarme de ser el culpable de su... gripe, o de su encefalitis. ¿Qué firmamento de alambradas me reservas?

Olvidas otra acusación, tapiado bajo un techo de vergüenza, que en ocasiones mi madre me imputaba: la hipotética posibilidad de que la encerraran en «una casa de salud»... por culpa de mi conducta. Las cartas que encerraron, de verdad, en una «casa de salud», ya las he leído en Burgos, descoloridas y archivadas en la torre de la consternación.

He convertido a mi padre en una figura quijotesca, mítica. Como la de un santo pagano. Mi catadura moral a él se la debo. Me va guiando éticamente, a los pies de la tierra, allí donde ninguna tribulación corrompe.

Cada vez que me comunican una nueva estación de su «calvario», me paso parte del día llorando. Le imagino a menudo encerrado en la cárcel, atacado despiadadamente, sin poder hablar con su hijo, o bien encerrado en el manicomio, durmiendo con la camisa de fuerza, como uno de los loqueros me informó en la hora de la venganza.

Se yergue, hoy, mi padre como la figura a imitar abriendo un torrente entre los arrecifes.

Cuando tú le atacas en la carta, me parece que sus sufrimientos no han terminado. Me sobrecoge que le taches de hombre corrientísimo, o de hombre sin personalidad, o de persona que tuvo la poca habilidad de provocar el odio de su mujer. Me consuelo diciéndome que le tienes celos.

Consideras que investigar sobre la vida de mi padre me llevaría a destrozar a mi madre... ¡Qué chantaje! Sólo pienso en la caricia y me propones la mutilación.

Creo que tanto mi madre como tú sabéis que tengo razón. Ahora bien, por tu parte, opinas que estas cosas no son para decirlas. Prefieres que el absceso se convierta en gangrena generalizada. Pero estaba ahí, mucho antes de mis cartas: mi madre no ha comenzado a esconderse, ni a buscar la soledad en un pueblecito, al recibirlas.

Las cartas son cenizas y el que las escribe espejo. Que no existe una rama sin tronco, ni dolor sin tormento.

Dices que la política ni te concierne, ni te interesa. Es peor aún, tú estás «concernido» por ella. Tienes la menos apolítica de las profesiones que hoy se pueden ejercer en España. Pero ¿quién soy yo para darte lecciones entre matorrales de ignorancia?

Además, siempre temí, y más que nunca hoy (cuando tu relación es tan íntima con mi madre), que me cegara el puñal de los celos.

Un abrazo.

CARTA A FERNANDO DAVID DEL COMANDANTE JOTEFÓN

En vez de escribir y atormentar a tu madre, ¿por qué no le cuentas todo eso al generalísimo Franco?

Dices que quieres imitar a tu padre y a su catadura moral. Muestra que es cierto actuando como él actuó el 17 de julio de 1936 a las diez de la noche. Repite su «hazaña».

Suicídate escribiéndole al Caudillo y deja de una vez de martirizar a tu madre.

Sinceramente

[ESPOLEADO POR LA CARTA DEL COMANDANTE JOTEFÓN, FERNANDO DAVID ESCRIBIÓ AL GENERAL FRANCO PÚBLICAMENTE.]

Excelentísimo señor:

Le escribo esta carta con amor.

Sin el más mínimo odio o rencor, tengo que decirle que es el ser que más daño me ha causado.

Tengo mucho miedo al comenzar a escribirle: temo que esta modesta carta (que me conmueve de pies a cabeza) sea demasiado frágil para llegar hasta Vd.

Creo que Vd. sufre infinitamente;

sólo un ser que tanto sufre puede imponer tanto dolor en torno suyo;

el dolor preside, no sólo su vida de hombre político y de militar, sino incluso sus distracciones:

Vd. pinta naufragios y su juego favorito es matar conejos, palomas o atunes.

En su biografía, ¡cuántos cadáveres!: en África, en Asturias, en la guerra civil, en la posguerra...

Toda su vida cubierta por el moho del luto. Le imagino rodeado de palomas sin patas, de guirnaldas negras, de sueños que rechinan la sangre y la muerte.

Deseo que Vd. se transforme, cambie,

que se salve, sí,

es decir, que sea feliz por fin,

que abandone el mundo de represión, odio, cárcel, buenos y malos que hoy le rodea.

Quizás haya una remota esperanza de que me oiga: siendo niño me llevaron a un acto oficial que Vd. presidía.

Al llegar Vd., entre ovaciones, las autoridades le agasajaron.

Entonces una niña, preparada para ello, se acercó a Vd. y le tendió un ramo de flores. Luego comenzó a recitar un poema (mil veces ensayado)... Pero, de pronto, presa de emoción, se puso a llorar. Vd. le dijo, acariciándole la mejilla:

«No llores, yo soy un hombre como los demás.» ¿Es posible que hubiera en sus palabras algo más que cinismo?

No vea en mí ningún orgullo.

No me siento de ninguna manera superior a nadie y menos que a nadie a Vd.: Todos somos iguales.

Vd. debe escuchar esta voz que le viene volando, bañada de emoción.

Lo que le voy a escribir en esta carta podrían decírselo la mayoría de los hombres de España si no tuvieran sus bocas lacradas.

Al terminar la guerra, en plena paz,

el aparato represivo a sus órdenes siguió condenando a españoles disidentes,

un luto espeso de hienas roncas, de chatarra y de pus cayó de bruces sobre los hombres de España.

Vd. mismo declaró en aquellos años:

«Si fuere necesario mataríamos a la mitad del país.» Nada de esto se lo digo con saña.

Sus razones son conocidas:

Las «gentes de bien» no podían vivir tranquilas. Las detenciones arbitrarias se multiplicaban, los atentados y las huelgas revolucionarias. El tiro en la nuca, como en el caso de Calvo Sotelo, ilustraba perfectamente la situación. Un clima de inseguridad y de anarquía enloquecía a España, que la iba a llevar a su pérdida.

España estaba en plena barbarie, dice Vd.

No creo que, por un lado, estén los buenos y, por el otro, los malos.

Existe la violencia ciega y las víctimas bañadas de ceniza.

Sobran justicieros armados hasta los dientes,

jefes implacables llenos de autoridad

y, sobre todo, hombres que tienen razón y quieren imponerla a los demás, si es necesario, por el fuego y por la sangre.

Si hubiera sido un joven alemán o ruso una carta como ésta hubiera escrito a Hitler o a Stalin.

Y hoy a Vd. le escribo sin soberbia.

Cuántos fueron asesinados durante la guerra y la inmediata posguerra.

Hombres y mujeres que se los tragó la tierra para siempre.

Hombres y mujeres de los que no queda traza en ningún arco de triunfo,

en ningún libro de historia,

en nuestras memorias.

Hombres y mujeres de los que ya nadie nunca jamás hablará.

Cuyo «martirio» fue escondido por sus familias durante años,

hasta desaparecer del recuerdo.

Ésos son los padres de tantos hombres de mi generación.

Sí, todo esto hay que olvidarlo y yo lo olvido;

Hay que mirar hacia el porvenir y no podemos anclar nuestra vida en el pasado

con una condición:

Que se olvide todo. Sí, tras condenar esa guerra (nuestra lacra).

El idealismo de muchos de los combatientes está reconocido... la barbarie que utilizaron debe, asimismo, reconocerse y proscribirse para siempre.

Yo sólo era el testigo infantil de una hoguera y de un frenesí de muerte que no podía analizar y que se marcaba en mi carne y en mi alma como un hierro ardiente.

¡Tantos niños como yo vieron los mismos espectáculos!

Niños que soñaban con sonajeros de dinamita y fusilamientos al borde de la cuna.

En mi memoria quedan recuerdos precisos e inolvidables de la guerra..., de la represión,

de temores,

de pánicos,

de delaciones,

de fanatismo,

de censuras (de cartas siempre abiertas, de conversaciones cautelosas, de pasos amedrentados).

La vida cotidiana estaba ilustrada por el mismo clima:

Hasta las fiestas podían estar impregnadas de sangre y de muerte:

en las procesiones, a las Vírgenes, para dar la ilusión que hacían un milagro constante, se les podía poner a sus pies palomas que no se volaban porque «tal era el poder espiritual de la Virgen».

En realidad, a los pobres pájaros les atravesaban los ojos con alfileres y les cortaban los nervios de las alas, y, así, temblorosas y ciegas permanecían aterradas con sus patitas crispadas a los pies de la imagen.

Eran los tiempos en los que sus órganos de información proclamaban que la Virgen había cubierto con su manto milagroso la travesía del estrecho de Gibraltar por el ejército rebelde... cuando en realidad eran los Junkers los que habían protegido el desembarco.

Y la victoria perpetua aumentó las alambradas hiriendo con sus cuchillos sin ecos la soledad.

El día en que terminó la contienda unos centenares de personas se reunieron en la plaza mayor de Ciudad Rodrigo, el pueblo en donde entonces vivía;

escuchamos, por radio, en silencio, el último parte de la guerra.

Vd. lo leyó, creo recordar,

con una voz clara, sin emoción particular.

Proclamó que la guerra había terminado,

que el ejército enemigo había sido desarmado.

Hubo, tras el parte, unos instantes de recogimiento;

pero pronto sus incondicionales aplaudieron muy fuerte.

Toda la plaza, aplaudió, pues;

luego cantaron el Himno Nacional, con el brazo en alto.

Me pareció que muchos miraban hacia la prisión.

Tuve incluso la impresión de que dirigían su vista hacia aquella cárcel, con ternura y connivencia; hacia aquellos hombres que abarrotaban el presidio de Ciudad Rodrigo y que, a menudo, oíamos gritar desde el foso.

En aquellos tiempos en muchas cárceles se chillaba.

Y esos gritos podían ser el tam-tam sordo del quehacer cotidiano.

He conversado con ex prisioneros políticos y comunes que me han hablado de los campos y de las cárceles de aquellos tiempos.

Mientras, el mundo, preocupado por la guerra mundial, olvidaba a España y su dolor en las cárceles y en los campos, al hombre a veces se le trataba de forma infrahumana.

A nuestros oídos de niños y, luego, de jóvenes, llegaban ecos de castigos medievales,
de venganzas,
de hombres humillados,
heridos,
torturados.

En Madrid, donde fui a vivir a los nueve años, hasta los Colegios se habían transformado en prisiones.

Los Escolapios de San Antón y Porlier, por ejemplo.

España no era exagerado pensar que en aquellos momentos se alzaba como una cárcel compuesta de pequeñas cárceles que se precipitaban hacia el infierno.

¡Cómo me gustaría que todo eso fuera falso!

Que Vd. pudiera demostrarme que todos los ecos que espantaron mi infancia y mi juventud son una pura invención.

A los niños que entonces (la inmediata posguerra) teníamos diez, doce años, se nos enrolaba en las formaciones paramilitares.

Allí aprendimos a cantar
«Viva, viva la revolución,
viva, viva Falange de las J.O.N.S.»;
a llamar camarada a los demás

y a odiar a Inglaterra.

Nos colocaban una camisa azul

que recordaba el mono de trabajo de los obreros,

ya que los gobernantes, que se decían obreristas, estaban construyendo la revolución sindicalista. He visto arrastrar a una mujer al cuartel de barrio donde la raparon al cero porque no sabía cantar el himno de los vencedores.

Hay algo que quiero contarle con algún detalle:

Vivía en Madrid. Era en 1946.

Tenía catorce años.

Un buen día, en el Colegio de San Antón, donde estudiaba quinto de Bachillerato, el profesor de Educación Política (obligatoria), es decir, la persona que intentaba hacer, de todos nosotros, leales al régimen.

nos dijo que teníamos que ir a una manifestación,

para «sostener a España» contra la ONU, que pedía el boicot de su gobierno,

iríamos con «todo el pueblo de Madrid» a la plaza de Oriente.

Clase por clase y, bajo pena de castigo, nos pusieron a todos en formación hacia la plaza.

En vez de ir directamente, los que nos dirigían y nos custodiaban nos hicieron pasar por la plaza de Colón, la Cibeles, calle de Alcalá, etc.

Más tarde, comprendí por qué dimos tan extraordinaria vuelta para ir de la calle de Hortaleza (Colegio San Antón) a la plaza de Oriente:

para que todo Madrid estuviera inundado de desfiles «espontáneos».

Nos hicieron gritar *slogans* que la mayoría de las veces no comprendíamos en absoluto.

Algunos, mi memoria milagrosamente los guarda:

«Si ellos tienen UNO, nosotros tenemos dos».

«Thorez es un toro.»

Al llegar a la plaza de Oriente éramos, parece ser y no me extraña, cerca de un millón de personas.

En las fábricas y en las oficinas los manifestantes fueron enrolados de la misma manera.

Asimismo, con idénticas amenazas, fue conducido a la plaza el viejo Jacinto Benavente,

el anciano y el joven que nacía (yo) chocamos en el barullo de la plaza como para transmitirnos, a través del tiempo, la repulsión de la intolerancia que nos rodeaba.

Entre las uñas, los puñales y las botas de cuero donde no cabían ni los ríos ni las estrellas, el anciano encadenado y el muchacho se miraron como dos ovejas de invierno.

Meses más tarde iba a suceder otro acontecimiento político, del que me acuerdo con emoción.

Se había organizado un referéndum; debía de ser en 1946.

No me acuerdo por qué.

Toda propaganda en favor de la abstención o del NO estaba prohibida.

Durante semanas, todo el país estuvo invadido por la propaganda oficial: «vota sí».

Naturalmente, nadie se atrevía a sugerir (incluso en privado) abstenerse o votar NO.

Junto a mi casa de la calle de la Madera había una oficina de voto:

exactamente en la calle la Luna, casi enfrente de la bocacalle que sigue.

La mañana del referéndum, en la oficina y en la calle, se formó una cola impresionante para votar.

Todos aquellos hombres y mujeres de las populares calles del Pez y San Roque hacían cola con la papeleta bien visible en la mano que decía Sí.

¡Cómo olvidar aquellos rostros temblorosos de mis vecinos que temían no poder llegar a votar!

Qué pánico en sus caras. Qué emoción al verlos tan frágiles, tan humillados.

Todos querían escapar a las represalias que recibirían, según información oficiosa, los que no votaran.

¡Pobres gentes, pobres tan grandes como la tierra y tan amenazados!

Así se hacía la política en España, en su nombre.

A veces todo tomaba un carácter grotesco y trágico.

Los discursos, hablando de la «confabulación masónico-liberal-judeo-democrática»,

los ataques xenófobos contra la pérfida Albión, etc.

En aquel clima de venganzas, temores, mentiras, fuimos emergiendo a la vida.

Dudar de la existencia de Dios hubiera significado perder los estudios.

Condenar al catolicismo hubiera acarreado los peores peligros.

La menor crítica contra su persona o su gobierno, la cárcel.

Los libros nos enseñaban errores,

o silenciaban todo sistema que no cuadrara con su forma de gobierno.

La censura se ejercía en casi todos los dominios.

Su gobierno lo temía todo.

En mi libro de Literatura, los escritores más importantes tenían derecho a breves líneas difamatorias.

Sobre Voltaire, por ejemplo, el libro decía textualmente:

«Monstruo satánico que soñó con destruir a la Iglesia. Todas sus obras están en el Índice.»

Poetas, como Baudelaire y Rimbaud, estaban citados dentro de una lista de facinerosos.

Toda teoría filosófica, política, literaria o científica, que no encajaba en el dogma oficial era condenada en cuatro letras.

La enseñanza tenía una doble misión:

— no informarnos,

— condenar.

Así se formó una generación de estudiantes, la mía.

Imagínese lo que sucedía en otras clases sociales que ni siquiera accedían al bachillerato.

En aquellas épocas la miseria era grande y se podía ver desmayarse a alguien en plena calle, de hambre.

Qué tiempos tan trágicos... y a veces tan tragicómicos.

Por aquellos años, el estreno de la película *Gilda* fue interrumpido en el Palacio de la Música de Madrid a gritos de «Viva Cristo Rey» porque la película —aun cortada por los censores— era considerada atea.

Entonces había una fórmula siniestra y, al mismo tiempo, llena de ternura que se esgrimía ante la menor discusión con un funcionario oficial, o un policía:

«No, señor, yo soy de derechas de toda la vida.»

Es decir, que no bastaba con ser simplemente de derechas, sino que casi había que demostrar que se había sido así desde el nacimiento.

Este sistema que Vd. impone acarrea un dolor suplementario:

crea hipócritas y mentirosos por la fuerza de las bayonetas.

¿Cómo es posible que estas conversiones que su régimen impone a la pobre gente pueda colmarle?

¿Quién puede creer que, por arte de birlibirloque, la España que era favorable a la democracia o a la monarquía liberal, de pronto abrace con tanta unanimidad su régimen?

¿Sus colaboradores lo creen?

¿O piensan, quizás, que tras varios lustros de poder se puede extirpar del país el pensar libremente?

Fuimos niños manipulados y hombres buscando la palabra.

¡Cuánto silencio bajo el tejado!

La ausencia de crítica y el dogmatismo ambiente creaban en nuestra juventud una situación irreal y de pesadilla.

Durante mi infancia o adolescencia nadie, nunca, pudo hacer públicamente la más anodina declaración desfavorable a su gobierno.

Este lavado de cerebro producía a menudo reacciones opuestas a las esperadas.

Muchos estuvieron

convencidos

de que toda proclamación oficial, o toda información gubernamental, era siempre falsa.

Y así se podían negar verdades evidentes porque venían mancilladas por el sello oficial.

Se desconfiaba de todo;

somos una generación de descreídos.

Y, paralelamente,

estuvimos dispuestos a «reconocer» públicamente las mayores aberraciones, ya que este reconocimiento era necesario para la pervivencia.

Para todo eran necesarios dos certificados:

— uno, de *lealtad al régimen*, que lo daban los funcionarios del movimiento;
— otro, de *buena conducta* (es decir, de ser católico y practicar esta religión), que daba el párroco.

Yo pasé aquellos años de posguerra en diversos Colegios de Padres Escolapios:

cada una de las clases comenzaba por una oración, como en todos los colegios públicos o privados,

en todas las aulas había su retrato, de Vd. y de José Antonio, y, entre ambos, un Cristo.

Todas las mañanas, con todos los alumnos del Colegio en formación, se cantaban, brazo en alto, himnos patrióticos que finalizaban con *vivas* a Vd. y *arribas a España.*

Funcionarios del gobierno nos daban clases de educación política, religiosa y física.

Asignaturas que figuraban en los libros de escolaridad;

gracias a ellas se intentaba suprimirnos todo espíritu crítico.

Y esas tres asignaturas nos perseguían durante todos nuestros estudios,

no sólo en los institutos y colegios, sino también en la Universidad.

Todos los alumnos

que hoy son ingenieros, abogados, médicos,
y que, en su mayoría, se oponían a su régimen,
se veían obligados a enterrar sus ideas, sus creencias más sinceras y nobles y a proclamar durante esos exámenes su «amor al régimen» para poder finalizar sus estudios.

¿A quién podía satisfacer esta «conversión» que duraba el tiempo de un examen?

Estábamos tan acostumbrados a este desafuero, que sólo manifestábamos nuestro desprecio con bromas sobre estas «tres Marías» que, como tres prostitutas, nos seguían durante toda nuestra vida de estudiantes.

Los espectáculos terminaban, por orden gubernativa, con el himno nacional y los gritos consabidos de ¡Viva Franco! y ¡Arriba España!

Un día en el cine Carlos III de Madrid, al terminar la película, los espectadores con prisas, sin ningún propósito subversivo, intentamos eludir el ejercicio.

La policía inmediatamente informada
nos encerró en el local
y, brazo en alto, nos obligó a cantar el *Cara el Sol* un montón de veces.

Era una época de histeria política,
pero también de irracionalidad sexual.

Por ejemplo, el Hogar del Empleado se dedicaba a sorprender a los novios que se ocultaban en los alrededores ensombrecidos del Cuartel de la Montaña para darles una soberana paliza o bien para regarles con cubos de agua fría.

«... Y aún pueden sentirse contentos los muy cochinos de que no les denunciáramos a la policía.»

Estos años, estos lustros en los que se desarrolló nuestra infancia y nuestra juventud..., ¿cuántos han podido escapar a ellos sin daño?

Infancia con una herida en el corazón bañada de agua podrida.

Casi todos

íbamos a Misa

por la cuenta que nos tenía, como se decía entonces.

¡Eso sí que es una blasfemia!

Los blasfemos son los que obligaban a la mayoría a comulgar con ruedas de molino.

Por una palabra dirigida hacia las creencias religiosas de su régimen se iba a la cárcel, o, en el mejor de los casos, se recibía una paliza.

Continuamente le hablo de cosas que he visto,

que he oído.

Por ejemplo:

un grupo de jóvenes borrachos llamados a quintas tuvieron la pésima idea de cagar en el hueco del trono donde se hincaba la gran cruz de la iglesia...

fueron condenados a doce años de cárcel.

El Dios de Amor se transformaba entre las manos de sus funcionarios en Dios de Venganza y de odio.

Muchos demócratas se veían obligados a inscribirse en sus formaciones, o a colocar emblemas y banderas, si no querían perder sus puestos, gracias a los cuales daban de comer a sus hijos.

¡Hombres humillados para siempre!

Había que mentir,

que vivir en el engaño,

había que comulgar para conseguir una plaza de portero en un Ministerio,

o dar vivas a la Revolución Nacional Sindicalista

para poder vender cigarrillos en un carrito de mutilado en una plaza de Madrid.

Tantos pobres hombres degradados, machacados, obligados a decir que era negro lo que estaban archiconvencidos de que era blanco.

Condenados a sentirse avergonzados ante su conciencia para siempre.

Cuántos hombres asistieron a manifestaciones, mítines, reuniones de centurias o de capillas porque temían que un día se supiera que habían pertenecido a un sindicato obrero o a un partido democrático.

Hombres acongojados que preguntaban a sus amigos «bien relacionados»:

¿Verdad que no tengo ficha?

Casi todos estábamos fichados.

Entre sombras, espuelas y amenazas, reteniendo la respiración y la furia, todo un pueblo marchitaba sus ideales y sus margaritas rojas.

La educación de nuestra generación creo que no pudo ser peor.

Niños dirigidos por bueyes, castigados por espadas ciegas, encerrados en capillas putrefactas. La luz encarcelada y la ilusión destruida.

Los métodos de educación eran sobrecogedores.

En todos los Colegios de Escolapios por los que pasé (San Antón, Getafe, Tolosa) se sometía a los alumnos a castigos corporales.

La paliza era un arma pedagógica.

Palizas épicas,

no era raro ver a un profesor (un sacerdote) golpear a patadas y puñetazos a un alumno hasta hacerle sangrar.

Era una educación a la imagen y semejanza del ambiente que reinaba.

Incluso, nosotros mismos, los niños, en nuestros juegos repetíamos la violencia que percibíamos,

juegos salvajes en los que podía incrustarse la tortura o el martirio de los condiscípulos,

como asimismo la mutilación o ejecución de animales.

Nos llegaban ecos pavorosos de las prisiones.

Prisioneros ateos a los que se obligaba, a veces, a confesarse antes de morir.

Y, aún peor, a los que en ocasiones se les impedía confesarse cuando lo anhelaban.

La leyenda cuenta que en la cárcel de Burgos uno de los condenados fue rematado a cristazo limpio sobre la cabeza por su confesor, indignado por las blasfemias que el condenado había proferido.

Así se intentó, a veces, educarnos:

a cristazo limpio.

A algunos, como al prisionero de la leyenda, la cabeza les estalló con relámpagos de sangre goteando desde los cascabeles.

Era (¡y es, por desgracia!) una España dominada en parte por la minoría rebelde al gobierno legal del Ejército.

Porque hay una mentira que los suyos han instaurado en dogma: «el Ejército español en su totalidad se levantó contra el gobierno legal en 1936». Por el contrario, la verdad fue que una importante parte de la oficialidad (y no digamos de la tropa) se opuso a la rebelión: cerca de 4.000 jefes y oficiales en activo.

Sus aliados fueron la legión extranjera, las tropas mercenarias marroquíes, los fascistas italianos, los nazis alemanes... y la otra parte del Ejército español.

Por ello la represión fue tan dura contra los militares. Fueron asesinados:

— Don Domingo Batet Mestre, general jefe de la VI Región Militar en Burgos,
— en Granada no sólo fue fusilado Federico García Lorca, sino también el gobernador militar don Miguel Campins Aura,
— el capitán general don Enrique Salcedo Molinuevo, en La Coruña,
— el general don Miguel Núñez Prado y Susbielas, en Pamplona,
— el inspector de la legión don Luis Molina Galano, en Ceuta,
— el general don Manuel Romerales Quintero, en Melilla,
— el general don Rogelio Caridad Pita, en La Coruña,
— el alto comisario en Marruecos don Arturo Álvarez Buylla, en Tetuán,
— el director de la fábrica de armas don José Franco Mussio, en Oviedo,
— el general don Toribio Martínez Cabrera,

Etcétera.

Tan sólo uno de los generales de los ocho comandantes en jefe de las ocho regiones militares se unió a los sublevados.

Sobre los treinta y nueve oficiales generales (grado más alto del Ejército español), veintidós permanecieron fieles al gobierno de Madrid.

Así como abrazaron la causa del gobierno elegido casi todos los generales de la Guardia Civil y el general jefe de Aviación.

¡Cuántos militares dieron su sangre por la Libertad!

Es cierto que la situación actual no es tan dramática como al final de la guerra.

Pero, no obstante,

la intolerancia permanece.

La ausencia de crítica es la ley.

Cuando hace un par de años un periódico pidió que dimitiera un presidente extranjero, el diario fue suspendido porque sus censores estimaron que semejante artículo se podía considerar como la expresión del deseo de que Vd. cediera el puesto de mando.

Todos los comentarios de la radio, prensa y televisión son siempre favorables a «su cruzada» y al régimen que ésta instauró.

Todo son elogios, adulaciones y bravos.

Trenzas de miel amarga cubriendo España de silencio baboso.

Si nadie critica, ¿cómo se puede progresar?

¿Cómo corregir los defectos siempre posibles?

¿Puede existir un hombre infalible?

Los mejores españoles siguen fuera de la organización del país.

Bodega con olor de orines donde se come con alambradas de luto y donde el perro rabioso hinca sus colmillos en el corazón.

En este clima de opresión algunos de mis amigos se ahogaban literalmente.

Como no podían respirar espiritualmente,

terminaron por tener dificultades pulmonares y por fin cayeron tuberculosos.

Sus pulmones se poblaban de ropa vieja y de excavadoras sedientas.

El ambiente de hipocresía que reina en el país en las cárceles está institucionalizado.

Las cárceles están
administradas,
vigiladas
por un tercio de los propios prisioneros,
que se llaman *destinos*.

Cuya misión es informar, delatar, vigilar y atormentar a los prisioneros, sus compañeros.

A los «destinos» más desalmados se les encarga el cuidado de las celdas de castigo. A menudo martirizan sádicamente a esos pobres hombres que como ratas pasan días, semanas, meses entre cuatro paredes.

Los «destinos» más fuertes son los que dan las palizas a los que intentan fugarse; palizas que concluyen a veces con heridas o deformaciones.

No pertenezco ni a nada ni a nadie. No milito en ningún partido. Ni pienso que nunca militaré.

Me gustaría poder creer que todo lo que acabo de exponer es falso,
que me confundí.

Le voy a copiar la carta clandestina de un hombre condenado a muerte:

Querida Flora y queridos hijos:

Deseo que la presente os encuentre bien, yo por ahora bien.

En estos momentos se me lleva de la cárcel para un fin trágico para mí y al propio tiempo para ti y para mis queridos hi-

jos. Bien sabéis todo lo bueno que he querido ser siempre para todos en general. Deseo que terminéis la vida con más suerte que la mía y que practiquéis los buenos sentimientos, no os importe el mal pago. Por mi parte, yo hasta el último momento me sostendré en mi sentimiento de justicia y de equidad humanas.

Para mis hijos sólo quiero que sean tan buenos como son, seguid bien y con valor, que no tomen ningún rencor a nadie ni venguen mi muerte. Sed buenos, hijos míos, para vuestra madre y para la sociedad procurad ser lo más útil posible. Vosotros viviréis tal vez una sociedad mejor y de mejores sentimientos humanos, ayudad a perfeccionarla.

Cultivad y controlad siempre vuestra conciencia, que siempre seréis dichosos aunque tengáis mala suerte, haced conciencia que nadie torcerá vuestro buen proceder.

Hijos míos, vuestro padre morirá dentro de unas horas. Veo venir la muerte y, creedme, estoy tranquilo. Yo os quiero tanto a todos que me marcho dándoos un beso que me sale del fondo de mi corazón.

Y a ti, querida Flora, mi inseparable abrazo. Te llevo grabada en mi corazón. Puedes tener por seguro que cuando la mano dispare sobre mí estaré dándote el último beso. Puedes estar tranquila que tu Macario sabrá morir como vivió.

Para todos os mando el último beso desde mi último suspiro.

Firma: *Macario.*

Al margen de esta carta un codetenido ha escrito:

Cuando Macario oyó pronunciar su nombre por el verdugo me mordió fuertemente el brazo...

¿Hasta cuándo España tendrá que morder el brazo amigo para sufrir en silencio?

Sin rencor.

Sinceramente.

ÚLTIMOS DOCUMENTOS

A la llegada de la democracia, Fernando David pudo, al fin, consultar otros archivos.

Comprobó que kafkianamente el expediente de su padre había seguido su curso administrativo... como si el 29 de diciembre de 1941 no se hubiera fugado..., como si no hubiera desaparecido sin dejar rastro alguno.

Burgos, 11 de enero de 1942.

Se reciben actuaciones referentes al liberado FERNANDO RUIZBAL, que remite el Excmo. Sr. Capitán General de la VI Región, a quien se devuelven después de informar sobre los hechos que motivaron la pena que le fue impuesta, y fecha de su puesta en libertad.

Las actuaciones a que se hace referencia han sido motivadas por instancia de la esposa del liberado, que solicita su internamiento en un sanatorio psiquiátrico militar.

Burgos, 1 de julio de 1944.
Sr. Director de la Prisión Central.
BURGOS
JUNTA PROVINCIAL de LIBERTAD VIGILADA. BURGOS.

Recibida su atenta comunicación núm. 10668 de 7 de los corrientes relativa a FERNANDO Ruizbal, que aparece sentenciado a la pena de 6 años y 1 día, conmutada de la de 30 años que le fue impuesta por el delito de adhesión a la rebelión, al objeto de que esta Junta pueda legalizar su situación, expongo a V.S. la conveniencia de que se interese de la Autoridad Judicial Militar correspondiente el envío de los particulares de conmutación, al objeto de poder proponer su licenciamiento definitivo, toda vez que la pena de 6 años y 1 día, a que fue propuesto, la tiene ya cumplida.

Dios guarde...(Fdo.: El Presidente.)

Burgos, 19 de julio de 1944.
JUNTA PROVINCIAL DE LIBERTAD VIGILADA. BURGOS.

Recibida su atenta comunicación núm. 11279 de 16 de los corrientes, en que participa haberle sido conmutada al liberado condicional FERNANDO RUIZBAL, la pena de 30 años por la de 20; he de merecer de V.I. se participe a esta Presidencia domicilio de su esposa con objeto de hacer las gestiones oportunas para dar con su paradero, que actualmente se desconoce, por haberse fugado del Hospital Provincial de esta Capital, en el que fue internado, como presunto demente.

Dios guarde...
(Fdo.: El Presidente.)

En Ceuta, a 24 de julio de 1944:

(Sello del Ejército de Marruecos.)

Liquidación de condena definitiva del penado FERNANDO Ruizbal en causa núm. 359/36 de Ceuta por el delito de rebelión según expediente núm. 59909 de la Comisión de Examen de Penas.

	Años	Meses	Días
Pena primitiva.	29	11	30
Pena definitiva.	19	11	30

En Prisión preventiva desde el día 17 de julio de 1936 hasta el día 14 de mayo de 1937 en que se hizo firme la sentencia.

Le es también de abono desde el día 5 de mayo de 1937 hasta el día de la fecha (24 de julio de 1944):

TOTAL ABONO. 8 0 15

Le resta cumplir. 11 11 15

Será extinguida totalmente esta pena el día 1 de julio de 1956.

(Fdo.: El Capitán Juez Eventual)

Madrid, 20 de julio de 1944.

Don Cecilio R. y R., Suboficial de Infantería, Secretario del Juzgado Militar Eventual de esta Plaza, y de la causa núm. 359 de 1936 instruida contra FERNANDO Ruizbal por el delito de auxilio a la rebelión de la que es Juez Instructor el capitán de Infantería Don Francisco V. R.—

CERTIFICO: Que en la citada causa existe un escrito que copiado literalmente dice lo que sigue:

Al margen.—Hay un membrete con el Escudo Nacional.—Ministerio del Ejército. Comisión Central de Penas.—Expediente núm. 59909.—PROPUESTA DE CONMUTACIÓN Y CERTIFICADO DE RESOLUCIÓN MINISTERIAL.—

FERNANDO RUIZBAL, natural de Córdoba y de profesión Tte. de Infantería, fue condenado por sentencia de Consejo de Guerra celebrado en la plaza de Ceuta el 7 de mayo de 1937 a la pena de treinta años de reclusión mayor con accesorias legales, como autor de un delito de rebelión definido en el artículo 237 del Código de Justicia Militar y sancionado en los 238, 240 y 241 del propio Cuerpo Legal.—

La Comisión Provincial de Ceuta propone en aplicación de las normas contenidas en la O.C. de 25 de enero de 1940 (D.O. núm. 21), que sea conmutada la referida pena por la de cinco años de prisión menor; el Auditor, 6 años y un día; el Capitán General de la Región, ídem.— La propuesta transcribe de la sentencia como hechos declarados en ella que el sentenciado realizó los relatados en la misma propuesta adjunta.

Esta Comisión Central estima que debe ser conmutada la referida pena por la

de veinte años de reclusión menor

que se tendrá por definitiva con las accesorias inherentes a ella por estimar el caso comprendido en el Grupo IV de las normas anteriormente citadas.—Y tomado este acuerdo por unanimidad de los miembros de la Comisión, se eleva esta propuesta al Ilmo. Sr. Asesor del Ministerio del Ejército, para su vista y curso a la Superioridad.— El Auditor Presidente.— El Vocal Militar.— El Vocal Judicial.— El Asesor del Ministerio del Ejército. Todos firmados y rubricados.

Madrid, a 24 de julio de 1944.

(Hay un sello en tinta que se lee: Ministerio del Ejército. Junta central de Examen de Penas.)

El Excmo. Sr. Ministro del Ejército con esta fecha dictó

resolución por virtud de la cual la pena definitiva que debe cumplir el rematado es la de VEINTE AÑOS DE RECLUSIÓN MENOR con las accesorias de esta.— Lo que de orden de S.E. certifica esta Comisión Central y lo remite a V.E. para efectos de reapertura del procedimiento originario, unión al mismo de la presente y ejecución de su contenido, dando cuenta de su total diligenciamiento a esta Comisión.— Dios guarde a V.E. muchos años.— El Secretario de la Comisión.— (Ilegible) Rubricado. (Al pie:) Excmo. Señor General Jefe del Ejército de África.

Y para que conste y surta sus efectos en la Prisión Central de Burgos, expido el presente testimonio de orden y visado por el Sr. Juez en Ceuta.

Fdo.: El Capitán Juez Instructor.

Ceuta, 24 de julio de 1944.

JUZGADO MILITAR EVENTUAL. CAPITÁN DE INFANTERÍA Don Francisco V. R.

(Auditorías de Guerra.)

Para constancia en esa prisión de su digno mando, adjunto tengo el honor de remitir a V.S. testimonio de conmutación de pena y nueva liquidación de condena dimanante de la causa del margen, instruida contra el penado don Fernando Ruizbal, por el delito de rebelión rogándole se digne acusarme recibo para constancia en autos.

Dios guarde...

(Fdo.: El Capitán Juez Instructor.)

Al Sr. Director de la Prisión Central de Burgos.

Burgos, 29 de marzo de 1946.

JUNTA PROVINCIAL de LIBERTAD VIGILADA de BURGOS al Sr. Director de la Prisión Central de esta Capital.

En relación con el liberado condicional FERNANDO RUIZBAL, ruego a V.S. informe a esta Presidencia si se ha vuelto a tener noticia sobre dicho liberado, a raíz de la fuga del Hospital Provincial de esta Capital a fines de diciembre del año 1941.

Igualmente, de tener cumplida la condena impuesta, ruégole participe tal extremo, a efectos de darle de baja en el censo de esta Junta, si bien le significo no debe remitir certificados de su licenciamiento, ya que no podrán ser cumplimentados, por hallarse en ignorado paradero.

Dios guarde...

(Fdo.: El Presidente.)

Tetuán, 27 de marzo de 1956.

Vista la propuesta de libertad formulada por esa Prisión respecto al sentenciado en esta Jurisdicción FERNANDO RUIZBAL que en 1.° de julio próximo deja extinguida la pena impuesta en Causa núm. 395/36 y de conformidad con lo dictaminado por mi Auditor, vengo en aprobar (...) sólo y exclusivamente de la Causa anotada.

Dios guarde...

Dicha liberación para la fecha expresada.

(Fdo.: El General Jefe.)

Burgos, a 1.° de julio de 1956. CERTIFICADO DE LIBERACIÓN DEFINITIVA.

Don Miguel C. A., Director de la Prisión Central de Burgos y presidente de la Junta de Régimen y Administración de la misma.

Fernando Ruizbal.

Domicilio que eligió: Al ser excarcelado fue internado en el Hospital Provincial de Burgos — Sala Observación.

Causa del Consejo de Guerra de Ceuta.

CERTIFICO que en el día de hoy y previa aprobación del tribunal sentenciador, se concede la libertad definitiva a FERNANDO RUIZBAL por haber extinguido su condena de Veinte años de reclusión menor cuya filiación se expresa al margen, fue puesto en libertad condicional el día cuatro de noviembre de mil novecientos cuarenta y uno y desde entonces a la fecha

su comportamiento ha sido irreprensible,

demostrando con ello que ha hecho buen uso de la gracia que se le concedió.

Y para que conste, expido la presente en

Secretaría de Justicia.

Fernando David también encontró nuevos documentos sobre su padre, algunos anteriores a 1936 y otros recientes:

ACADEMIA ESPECIAL DE INFANTERÍA.

30 de junio de 1930:

Art. 5.° Mañana a las 9, en la Sala de Dibujo, se verificará el examen de primeras clases del alumno don Fernando Ruizbal, constituyéndose el tribunal en la forma dispuesta en la orden de este Centro del día 16 del actual.

3 de julio de 1930.

Art. 3.° Mañana a las 10 se verificará el examen de segundas clases del alumno don Fernando Ruizbal en la forma prevenida en el artículo 5 de la orden del día 30 de junio próximo pasado.

7 de julio de 1930.

Art. 2.° Terminados los exámenes del alumno don Fernando Ruizbal, verificará éste su liquidación con caja y entregará en la Secretaría de la Dirección las papeletas reglamentarias de petición de destino y otra en la que conste la localidad y domicilio donde ha de residir cuando se le concedan las vacaciones de verano.

17 de julio de 1930.

Art. 2.° Mañana a las 11 horas se verificará en mi despacho la entrega del nombramiento de alférez al alumno de este Centro don Fernando Ruizbal.

13 de julio de 1965.

Excmo. Sr.

EXPONGO: Que precisando un certificado en el que conste la categoría que hubiera alcanzado mi marido, que fue Oficial de Infantería, D. FERNANDO RUIZBAL, en el mes de diciembre de 1941, fecha de su desaparición, a finalidad de poderlo presentar en el Consejo Supremo de Justicia Militar a efectos de actualización del señalamiento de posición de viudedad, a V.E.

SUPLICO me sea expedido el referido certificado con arreglo a las leyes en vigor y al igual que se ha efectuado con otros Jefes en circunstancias análogas.

Gracia que no dudo alcanzar de V.E. cuya vida guarde Dios muchos años.

Baja reclusión perpetua 26.10.37 (*B.O. del E.* núm. 379).

Excmo. Señor Ministro del Ejército.— (Dirección General de Reclutamiento y Personal) MADRID.

Madrid, 16 de enero de 1979.

Sr. Director del Hospital Provincial de BURGOS.

Muy Sr. mío: El 29 de diciembre de 1941, se fugó de ese establecimiento mi difunto marido Fernando Ruizbal.

Le ruego encarecidamente me envíe un certificado o carta, en el que conste que estaba internado en ese Hospital, como enfermo mental procedente de la Prisión Central de Burgos.

Anticipándole las gracias, le saluda afmte.,

Madrid, 10 de marzo de 1980.

Sr. Director del Hospital Provincial de BURGOS.

Muy Sr. mío:

Aproximadamente hace un año solicité de Vd. certificado de que mi marido FERNANDO RUIZBAL, había sido internado en ese Hospital procedente de la Prisión Central de esa localidad, padeciendo enfermedad mental que le llevó a desaparecer del mismo.

Hoy vuelvo a molestarle rogándole me remita otro que puede ser exactamente igual que aquél, para poder solicitar la pensión que ahora pudiera corresponderme.

Agradecida de antemano, le saluda su afma.,

Fernando David recibió también últimamente varias cartas como ésta:

17-4-1997.

Distinguido Señor:

A pesar de llevar a cabo gestiones encaminadas para la localización del paradero actual de su padre, don Fernando Ruizbal, me ha sido imposible averiguar ningún dato positivo, por lo cual, mi parecer es que se ha perdido en el tiempo toda pista que nos dé una luz sobre su padre.

Reciba un afectuoso saludo.

Capitán de la Guardia Civil.

CARTA DE AMOR A MAMÁ EN EL DÍA DE SUS NOVENTA AÑOS

Queridísima mamá:
Cumples hoy noventa años... ¡Qué felicidad!

Cuántas veces de niño lloraba desconsolado por la congoja de no poder expresarte con palabras lo mucho que te quería.

Hoy siento la misma zozobra. Podría repetirte lo que entonces te escribí hace hoy más de medio siglo:

«¡Cómo quisiera adornar tu vida con un cachito de dicha!»

Cuenta la leyenda un martirio chino. Las víctimas eran dos enamorados (o dos esclavos prófugos). El verdugo les encadenaba, con grilletes, uno a otro por los pies y los depositaba en lo más hondo de un profundo pozo tapiado. Al cabo de meses, cuando el verdugo abría el pozo, los restos de las víctimas muertas entredevoradas, ancladas en el fondo, eran pasto de gusanos necrófagos.

A ti y a mí la guerra civil (*madrastra historia*) nos infligió este martirio chino.
A punto también estuvimos de devorarnos.
Pero incluso prisionero de la fatalidad
soñaba con la esperanza.
Aquélla que alimentó mi infancia y mi adolescencia.

¿Te acuerdas cómo un día en la plaza del Conde de Ciudad Rodrigo te dije?: «Sueño con una esperanza que levante hasta el cielo sus olas de espuma».

Hoy, ansioso de mí, en la buhardilla, he instalado mi privilegio y mi retiro.
Subiendo las escaleras de mi casa alcanzo la soledad. Y me imagino que te recibo. ¡Con papá!
A vuestra orilla pienso: «No soy el que soy».
Tampoco ni él ni tu sois los que sois.
Madrastra historia con su gélido rielar de sumisiones nos enchiqueró en establos de Estado y nos transformó.
Como si para hacernos un sitio en la existencia hubiéramos debido traicionar inspiración y anhelos.

Quizá papá haya también cumplido noventa años.
Hace poco visité a un escritor de ciento tres años. Con humor me dijo: «Casi hubiera podido yo ser, por edad, el abuelo de usted: el padre de su madre o de su padre».
Viéndole subir las escaleras, diligente, para dar con el libro que quería mostrarme, me puse a pensar en ti.
Deseo que no mueras nunca... ¡jamás!

Con qué nostalgia recuerdo aquellos años que pasamos tan juntos antes de la ruptura,
cuando la tragedia (inconfesable) nos unía, solos, frente a todos y frente al destino,

cuando los días de fiesta nos endomingábamos, pero no para los demás, sino para nosotros mismos,

cuando a mi vera, en la Alameda de Ciudad Rodrigo te decía: «Eres la Primavera de Botticelli, pero para mí sólo»,

o cuando asistíamos

(«somos como dos novios»)

a los conciertos dominicales sentados en sillas de hierro,

cuando eras la *Traviata* traviesa de la Rosaleda o la *Maja* recostada sobre un banco de la plaza del Pino del Retiro.

Madrastra historia eclipsó aquella luna de miel.

«Mi cuerpo planea a bordo del tuyo, como la gaviota se eleva con la brisa y tiembla de felicidad.»

Durante el tiempo de un soplo era, junto a tu hermosura, hermoso.

Madrastra historia abrió un paréntesis de rabia que ha llegado casi hasta hoy.

¿Por qué no comprendimos durante tantos años,

durante medio siglo,

que la tragedia de la guerra civil nos impulsaba a devorarnos en el fondo del pozo de la angustia?

Éste fue nuestro martirio chino.

Cuando papá fue linchado al son de calumnias la culpable fue... *madrastra historia.*

Cuando papá fue atormentado y condenado la culpable fue... *madrastra historia.*

Cuando papa fue negado y encalabozado la culpable fue... *madrastra historia.*

A solas con la muerte los sumarísimos jueces rebajaron a papá a la condición de esclavo o de loco.

Por eso anoté en mi diario:

«Más que repulsión estos verdugos piedad inspiran al justo allá adonde el cuclillo silba entre alhucemas. ¡Pobres matarifes!»

¡Con cuánta fantasmagoría penetró la quimera en la voracidad durante aquellos trágicos años!

Cuando me enteré del desastre, a los quince años, escribí:

«Pasa la vida, delante de este diario, tal un arroyo en un anubarrado atardecer sombrío. Sin que nada hermoso en él pueda reflejarse».

Hice esfuerzos,
¡inútiles!
para olvidarme de ti.
Para maldecir tu recuerdo.
Intenté aborrecerte ¡de tan irracional manera!
Escribí altanero en el diario:

«Trato de ser el amo de mí mismo. Espero calzar al universo».

Para negarte inventé subterfugios:

«Juego a ser mi propio padre y a veces creo conseguirlo».

Pero cuando sentaba en mis rodillas al rencor hacia ti
«tan sólo me embarga un infinito vacío».

Quería olvidarte.

Olvidar cómo, durante mi adolescencia, venías a verme a mi habitación:

«Aunque llevas tu camisón blanco es como si estuvieras vestida de todos los colores y adornada con todos los atavíos. Eres la hermosura del amor.»

Y tu me respondías risueña, coqueta, modesta y encantada: «Es que para ti soy la fantasía».

En verdad eras mucho mejor.

Eras mi imaginación:

el arte de combinar los recuerdos.

Cuando de niño me puse a leer la Mitología te transformaste en Cibeles.

Te imaginaba madre de los dioses, suprema y eterna.

La diosa de la fertilidad rodeada de flores y de frutos.

Y una vez,

haciendo eco a mis alucinaciones,

me dijiste con solemnidad bíblica:

«Eres mi niño, mi hijo muy amado en el que he puesto todas mis complacencias.»

En verdad fui tu «niño» hasta que nos separamos.

Fui «niño» incluso cuando comenzaba mi juventud.

Los demás tenían que ser adultos: yo no lo necesitaba.

Te tenía a ti.

El día que descubrí los documentos de la alacena dejé de ser «niño».

Brutalmente me volví adulto, responsable.

Ya nadie me ha dicho nunca más con aquella dulzura con que sabías reprenderme:

«no te chupes el dedo»...

«haz tus deberes»...

«lávate bien las orejas»...

«no comas con los codos sobre la mesa...»
¡Cómo se mece el tiempo en mis recuerdos!

Todo lo que nos sucedió, a papá, a ti y a mí ya sólo discurre por las líneas de la memoria.

Todo lo que pareció no perece, porque sigue apareciendo en sus renglones.

«¿Sólo acaeció lo que ha afluido al remanso de nuestros recuerdos?»

¡Cuántas escenas tatuadas para siempre en la memoria! ¡Cuántas veces te hice sufrir! ¡Con mis rabietas infantiles!

Pero también qué feliz era cuando, como amigos, recorríamos a pie Madrid.

Contándonos «nuestras cosas», con tanta complicidad.

«Qué corta ha sido la tarde para todo lo que teníamos que decirnos».

La memoria me va creando. Alterando el orden de la causalidad. Como si el efecto precediera la causa

«¡y lo pintado a lo vivo!»

Se diría que los recuerdos nos están formando a ti y a mí.

Como en el albaricoque el hueso engendra vida.

«¡Dos meses sin verte! ¡Qué despacito ha pasado cada día!»

¡Cómo me besabas cuando volvías a Ciudad Rodrigo!

Besos largos y apasionados, tomándome en tus brazos a la llegada del tren.

Besos reventando melancolía.
Besos entre la vida y el vacío.
Besos bizarros como el garbo.
Besos pringosos rebozados de potingues.
Besos protocolarios a la puerta del colegio.
Besos salpicados de lágrimas e hipos.
Besos de niña modosita de Ciudad Rodrigo.
Besos de sabio zumbido.
Besos de infinitos colores.
Besos reverentes y justos.
Besos de fulgores precisos.
Besos de recompensa.
Besos ministrados por el arrebato.
Besos sin freno.
Besos impacientes.
Besos graciosos de niño y niña.
Besos saciados tan sólo de esencia.
Besos espontáneos como el altruismo.
Besos enredados en la peripecia.
Besos voraces.
Besos insaciables.
Besos torpes pero ¡tan dulces!
Besos irrepetibles de mi infancia.

Nadie me puede premiar cuando me siento amparado por mis recuerdos.

La guerra civil terminó en 1939. Pero, para papá, para ti y para mí, ha durado ¡tanto!

Como si hubiéramos tenido que asumir los ritos ancestrales del «taurobolio».

El culto a la madre de los dioses a través de esta ceremonia. Lo cuenta un poeta español, Prudencio:

«El neófito acostado en una excavación recibía la sangre del toro que se había degollado en una plataforma agujereada, situada encima del que iba a recibir el bautismo. A través de las pequeñas aberturas de la madera el rocío sangriento corría por la fosa».

El iniciado trataba de que el líquido empapara su nariz, su boca y todo su vestido.

«La multitud creía que después de este bautismo con sangre espumante el neófito quedaba purificado de sus faltas».

En Anatolia durante el «taurobolio» se arrancaban los testículos de los enemigos.

Se consagraban y se ofrecían a la madre de los dioses con un ritual mágico.

Más tarde fueron sustituidos por testículos de toros.

«Se recogen en el Kernos, se transportan al templo de la madre de los dioses y se entierran bajo un altar conmemorativo».

El neófito se regeneraba en sus fuerzas vitales y se apropiaba de la energía que representan los testículos.

Cuántas veces te oí repetir aquella maldición de la Biblia: «Castigaré a Baal en Babilonia».

Como si anunciaras que el «bolio» de «taurobolio» no proviene de *bolion* o *bol* sino de «Baal».

¡El toro de Baal!

Cuán fácilmente resbalamos papá, tú y yo, por el resbaladero de la fatalidad.

Éramos como tres reses que *madrastra historia* trataba de reducir y cazar.

La guerra civil nos metió por el portalón de la tragedia.

Y sin embargo un día te dije a la puerta del Monasterio de la Caridad de Ciudad Rodrigo: «Cómo anhelo la utopía de volar contigo hacia un dominio fecundado por el don de la hermosura.»

A Faustina *la Joven*, cuando estaba a punto de concebir a Cómodo, los sacerdotes caldeos le obligaron a bañarse en la sangre de un gladiador.

«Mamá tú no eres como los demás. No quiero que nadie te haga sufrir. Quisiera ya ser un hombre para defenderte contra todos. Me inspiras sueños más cabales que el vivir.»

Durante la guerra civil a nuestro alrededor ciertos mansos se volvieron fieras
y atropellaban con sus tropas.
Los verdugos improvisados
se cebaron con tanto antojo que les faltó apetito.

Papá, tú y yo vimos cómo la ambición llevaba un dardo.
Cuán presto aparecían los que sentenciaban.
La sinrazón coronada de veneno era pregón de la infamia.
Los feroces amasaron con sangre y los malvados con ponzoña.

«No mamá, a ti nadie te hará daño ni en Burgos ni en Ciudad Rodrigo. Quiero que seas feliz incluso cuando ya no quede ni un cacho de tierra sin su ración de dolor.»

Gracias a ti, hasta lo más nimio o lo más vacío se nutría de fervor. Te dije junto a la Casa de la Cadena de Ciudad Rodrigo: «Mamá, la diferencia de un hombre a otro ¿sólo la contienen sus almas?».

Gracias a ti comprendí que la belleza es la última expresión de lo verdadero.

A los catorce años

(antes del descubrimiento de la alacena con los documentos sobre papá)

te escribí en una felicitación:

«¡Con qué jubilosa exactitud el color celoso de la forma concibió los matices de tu melena tan bonita! ¡Con qué fulgores precisos la armonía puso colofón al destello irisado de tus cabellos! ¡Con qué regalo infinito, tus infinitos encantos dejan de ser hermosos para aparecer sublimes!»

Durante mi infancia y adolescencia me has enseñado con tu amor lo que no se enseña,

pero que es fundamental aprender.

Cómo añoro el tiempo de la primera vez.

Con qué subitaneidad una foto antigua, una tarjeta de Ciudad Rodrigo, el recuerdo de una de tus frases me llevan a aquella tierra de promisión de mi infancia.

Como si, plantadas en mi espalda las alas de Ícaro, pudiéramos alzarnos juntos,

esplendorosos,

hacia el tiempo que no volverá.

Tenemos que gozar nosotros también,

papá, tú y yo,

de la paz.

Has estado demasiados años clausurada y prudente.

Vacilando entre la introversión y la misantropía.

Ayer noche a mi amigo le pregunté:

«¿Quién sabe dónde está mi padre?»

Destapó tres cartas elegidas al azar.

«Ya sé que no puedes creer en el tarot de Marsella... pero vamos a ver lo que dicen las cartas sobre tu padre.»

La primera carta era la lámina VIII, *La Justicia*.

«Representa a la Madre. La persona que en la primera parte de la vida de tu padre se impone a él por sus virtudes. Es la imagen también de la hermosura y del amor. Lleva en la mano una espada, símbolo de la rectitud.»

Posó la segunda carta junto a la primera: la lámina XIX, *El Sol*.

«En el primer plano dos hombres están junto a una muralla. Les ilumina el gigantesco sol de la libertad que ocupa la parte superior de la lámina. Tu padre acaba de fugarse, saltando el muro de la cárcel. Le ha ayudado el hombre que está con él. Ambos, desnudos, se miran y se aman. Tu padre se esconde a partir de ese momento para que la Justicia (tu madre) no descubra su transformación amorosa.»

La tercera carta era la lámina XXII, *El proceso*.

«Un hombre, tú, te diriges hacia el ángel de la trompeta que domina la parte superior de la lámina. Una mujer a tu izquierda (tu madre) y un hombre a tu derecha (tu padre) te ayudan a atravesar el obstáculo que se presenta ante ti. La tapia negra de los malos recuerdos.»

Con qué suave porfía mi amigo, apoderándose de la elocuencia, intentó convencerme.

Al llegar a casa volví a pensar en nosotros y sobre todo en papá y en ti y en el misterio de su fuga.

Mi amigo evocó una hipótesis que nunca había venido a mi mente.

Como si, anidada en mi propio seno, la hubiera descartado.

¿Cuántas otras probabilidades he desechado con los ojos cerrados?

Durante años en todas las conjeturas figurabas y, sin quererlo, ¡cuánto te he hecho sufrir!

Un día en las Tres Columnas de Ciudad Rodrigo dijiste como si presagiaras mi futura inconsciencia: «Mira cómo el caballito del diablo vuela sin reparar que vuela y sin comprender qué es volar».

Esta noche todo mi ser, en silencio, escucha, tratando de oír tu voz de entonces.

Cuando aprobabas todos mis caprichos de niño.

Cuando me felicitabas de todo corazón por cualquier garabato.

Cuando te reías con infinita condescendencia de todas mis ocurrencias.

Cuando repetías, convencida, que un día sería «lo más grande».

Cuando me contemplabas como si fuera la primera maravilla del mundo.

Cuando no te satisfacías, pensando en mí, con menos que con todo.

Cuando, con rabia, le dijiste a aquella niña de la plaza del Pino que para tu gusto estaba demasiado pendiente de mí: «Ya lo dijo el evangelista: llegará un día en que los hombres estén tan perseguidos por las mujeres que tendrán que encaramarse a las copas de los árboles».

Madrastra historia se conjuró para perderte y condenarte.

Tan allá resonó el vilipendio que como malmirada de las miradas te escondiste.

En Madrid me recordaste: «Vivo entre tinieblas, sola: que solo los bien vistos son visibles».

Papá, tú y yo hemos sido víctimas del suplicio chino.

Madrastra historia nos encadenó a ti y a mí, nos arrojó al fondo de la tragedia.

Cuando nos precipitó, atados, quise dejar de llamarte «mamá».

Cómo me costó, entonces, pronunciar tan dulce palabra.

Buscando consuelo me abrí al dolor de par en par.

Olvidé lo dichoso que había sido contigo hasta la víspera... cuando te decía: «Mamá, cada día que estás conmigo, me traes como nuevos resplandores de gusto».

La dicha se repartía, durante mi infancia, en diminutas fulguraciones.

Me hiciste tan feliz enseñándome
a atar el nudo de la corbata de pajarita,
a trazar la raya al peinarme,
a dibujar el mapa de la provincia de Salamanca,
a sonarme los mocos,
a encender la luz del pasillo sin que me diera calambre,
a leer el termómetro,
a limpiarme en el retrete,

a darle morera a los gusanos de seda.
«Dime, mamá, ¿por qué nada de mí te da asco?»

Cuando volvías a Ciudad Rodrigo, desde Burgos, irrumpías en mi vida ¡tan plena de presente!

«En Ciudad Rodrigo contigo vivo, mamá, un ratito de eternidad».

¡Con qué afán descubría el tiempo contigo!

«Pero cuando te vas a Burgos, para trabajar, cómo temo que ya nunca más vuelvas.»

Años después, *madrastra historia* nos despeñó, atados, hacia lo más hondo del infortunio.
En torno tuyo brotó el impulso de juzgarte
y el hábito de prejuzgarte.

La obscuridad ha encerrado en su seno lo mejor de ti misma durante demasiado tiempo.

Hoy en que tú (¿y papá?) has alcanzado los noventa años,
cómo deseo que la soledad no sea nunca más tu cárcel
ni el retiro tu celosía.

Palabras me faltan donde devoción me sobra.

Que cumplas muchos años,
mamá...
cólmame con este regalo.